U0551722
15
一個人KTV ◎著
混沌破天訣

CONTENTS

目錄

第一章

身死道消

「不堪一擊！」

張逆的聲音冷冽如冰，充滿不容置疑的霸氣，身形一動，猶如鬼魅般穿梭於三人之間，左掌右劍，每一次出手都帶著毀天滅地的力量，打得三人節節敗退。

另一邊，蔡冰顏與獨孤然兩人的身影在空中交錯，劍光如織，已激戰了近百回合。

隨著戰鬥的持續，一股磅礴的劍意自蔡冰顏體內湧出，瞬間瀰漫開來，形成一個色彩斑斕、如夢似幻的劍域。

這劍域，宛如另一個世界，七彩劍影交錯縱橫，將周圍百丈範圍完全籠罩。劍域之內，時間變得緩慢，空間亦顯扭曲，獨孤然的每一個細微動作，每一絲劍氣波動，都逃不過蔡冰顏的感知。

獨孤然驚覺自己的速度、力量，甚至是對劍意的掌控，都受到莫名的壓制，努力想要掙脫束縛，但越是掙扎，行動便越是遲緩，駭然地望著四周那如夢似幻的七彩劍影，心中湧起一股難以言喻的恐懼。

「這是什麼手段，為何能壓制我的劍意天地圓滿？」

「獨孤然，受死吧！」蔡冰顏冷漠一語，逆顏劍猛然揮出，劍尖所及，七彩劍芒如龍出海，劃破長空，帶著毀滅性的力量，直取獨孤然要害。

獨孤然雙目突顯，拚盡全力想要擋下這致命一擊，但在這劍域之中，所有掙扎都顯得蒼白無力。劍芒毫無阻礙地穿透他的防禦，精準無誤地擊中他的身體，剎那間，獨孤然的身軀四分五裂，一代劍帝就此隕落，連元神也未能逃脫。

蔡冰顏雖然擊殺了獨孤然，但施展劍域讓她消耗巨大，俏臉之上難掩疲憊之色，呼吸略顯急促。正當她準備稍作調息之時，西門驚鴻率領上千龍鱗衛殺來。

蔡冰顏毫不猶豫地施展出逍遙幽冥步，身形如同幽靈般在眾人中穿梭，步伐輕盈而迅速，如與風共舞，與影同行，讓人難以捉摸其真正所在。

同時，蔡冰顏手中逆顏劍也未曾停歇，劍光如織，劍影閃爍，每一次揮動都伴隨著凌厲的劍意。

天涯、海角見獨孤然隕落，頓時戰意全無，只剩下逃生的念頭在腦海中瘋狂盤旋。

但，張逆豈會放過他們？身形瞬間暴起，一掌如驚雷般轟出，強大的掌力將廖俊震得吐血後退，緊接著施展斬天三式最後一式——斬仙！

劍光如龍，劃破長空，帶著毀滅之勢直撲天涯與海角。

兩人雖拚盡全力抵擋，但在斬仙這一式面前，他們的防禦顯得脆弱不堪。

劍光所過之處，空間都被撕裂開來，兩人的身影在劍芒中逐漸消散，最終化為虛無。

廖俊心生恐懼，深知自己絕非張逆的對手，於是毫不猶豫地撕裂空間逃離。

張逆雖然有心追擊，但考慮到戰場上的局勢，最終還是放棄了這個念頭，轉而將目光投向戰場。

此時，西門霸道將能帶走之人全聚集起來，撤退出了滄瀾城，西門昊天等人也在且戰且退。

張逆心中稍安，身形鬼魅般出現在一名龍鱗衛面前，劍光一閃，那名龍鱗衛便倒在血泊之中。

隨後，他冷喝一聲，聲音中帶著不容置疑的威嚴：「西門驚鴻，你不是要殺我為你孫子報仇嗎？小爺等著你呢！」

聽到張逆那挑釁的話語，西門驚鴻的臉色瞬間變得猙獰，如激怒的野獸，雙眼赤紅，血絲密布，招呼著眾龍鱗衛如一股黑色洪流，向張逆洶湧而去。

張逆轉身便跑，同時傳音給蔡冰顏，讓她趁機撤退。

張逆見狀，嘴角勾起一抹玩味笑容，轉身便跑，身形輕盈，如風中的落葉，難以捉摸。同時傳音給蔡冰顏：「蔡姐，妳速速撤退，這裡交給我。」

蔡冰顏雖心有不甘，但也知道此刻不是逞強之時，施展身法離開了滄瀾城。

「小子，你別跑，老夫要將你千刀萬剮！」西門驚鴻吼聲震天動地，凌厲劍芒頻頻斬出，眾龍鱗衛也紛紛打出強大攻擊。

「老東西，有本事追上來，小爺讓你雙手。」張逆囂張大笑，施展逍遙幽冥步避過眾多攻擊。

沒跑出多遠，張逆發現西門昊天等人已經撤退，暗魔王、西門青松、西門璇璣等一眾強者從四面八方合圍而來。

此時，張逆也不再跑，目光環視四周，冷笑道：「你們都是名震天下的強者，一起追我，要臉嗎？」

「只要能殺了你，什麼都無所謂！」西門驚鴻臉色陰沉，怒視著張逆，咬牙切齒地說道，每一個字都像是從牙縫中擠出來的。

張逆看都懶得看他一眼，目光直接落在暗魔王身上，說道：「我現在投降，可以嗎？」

暗魔王顯然沒料到張逆會這麼說，他愣了一下，隨即嘴角勾起一抹冷笑，回道：「可以，先將混沌塔交出來以視誠意。」

聞言，張逆臉上露出愕然的表情，沒想到暗魔王竟然知道混沌塔的存在，聳了聳肩，故作輕鬆地說道：「沒問題，不過你能不能告訴我，十多萬年前幽冥女皇為何要屠戮破天界？以她當時的境界，應該不會看得上這個平凡的星球吧！」

暗魔王的眼神在瞬間變得如同寒冰般凌厲，他緊盯著張逆，冷冷地說：「你沒必要知道，交出混沌塔，然後束手就擒，本王保你活命。否則，你和你的破天宗都將灰飛煙滅。」

張逆輕輕摸了摸下巴，片刻之後，緩緩開口：「你不過是幽冥女皇手下的一個無足輕重之人，如何能保證我的安全？還是說，幽冥女皇當年不惜屠戮蒼生，其實就是為了混沌塔？」

「你的問題太多了，交出混沌塔，否則死！」

暗魔王頓時有些不耐煩，猛地一揮手，周圍的空氣隨著他的動作而震顫，一股強大的威壓瞬間籠罩在張逆身上。

「既然知道混沌塔，想必也清楚它的能力，那麼憑你們這群所謂的『強者』，能殺得了我嗎？」張逆的話語中帶著不容置疑的自信，眼神如同寒冰，瞬間冷冽下來。

隨著他的話語落下，混沌破天訣在他體內極速運轉，一股磅礡的力量自體內爆發而出，周身金光綻放，耀眼奪目，瞬間衝破暗魔王的威壓。

「殺！」

暗魔王臉色更加陰沉，周身魔氣翻湧，如黑色的海洋，將周圍的空間都染成墨色。凌天一掌，帶著毀天滅地的氣勢，向著張逆轟然壓下，空氣在這一刻都被壓縮到了極致，發出震耳欲聾的轟鳴。

隨著暗魔王的動手，西門驚鴻等數十萬人也紛紛響應，攻擊如同潮水般湧來，刀芒、劍影、掌印交織在一起，鋪天蓋地，將張逆所在的空間徹底淹沒。

那片空間都承受不住如此強大的力量，開始出現細微的裂痕，隨即迅速蔓延，最終轟然坍塌。

張逆眼眸微微瞇起，深知自己無法硬扛數十萬人的聯手攻擊，心神瞬間與混沌塔相連，身形在攻擊臨身的前一瞬進入了混沌塔。

遮天蔽日的攻擊，並非因他消失而消散，依舊凌天壓落，那片本就千瘡百孔的天地徹底坍塌下來。

待硝煙散去，那片天地只剩血霧飄飛，已不見了張逆的身影。

西門驚鴻等人猙獰大笑，笑的肆無忌憚，心中的刺終於被拔除。

「真的死了嗎？」

暗魔王蠢眉頭緊鎖，深邃的眼眸一遍又一遍地掃視著周圍的每一寸空間，試圖捕捉到任何一絲與常理不符的波動。然而，無論他的精神力如何細密地探查，回應他的只有死寂與空洞，張逆的蹤跡如同被黑夜徹底吞噬，無處可尋。

終於，暗魔王緩緩吐出一口濁氣，然後猛然張嘴，一股強大的吸力自他口中湧出，如同黑洞般吞噬著周圍的一切。

滄瀾城上空那濃郁血氣被無情地拉扯著，扭曲、盤旋，最終化為一股股黑色的洪流，被暗魔王毫不留情地吸入腹中。這一刻，他的身影顯得更加陰森可怖，周身環繞的邪惡氣息幾乎要凝結成實質。

吞噬完血氣後，暗魔王的聲音在空中冷冷迴盪：「將所有屍體全部收集起來，本王要以它們的血肉與靈魂為祭，煉製成忠誠於我、無畏於死的魔兵魔將。」

西門驚鴻等人迅速虛空之中降臨，開始行動。

混沌塔第三層，萬法殿內，光線昏黃而斑駁，映照出張逆那張因過度消耗而異常慘白的臉龐。

他躺在冰冷的石板上，胸膛劇烈起伏，每一次呼吸都伴隨著沉重的喘息聲，汗水沿著他緊鎖的眉頭滑落，滴落在地板上，瞬間被蒸發得無影無蹤。

這時，靈淵緩緩步入殿內，步伐輕盈，對張逆的狼狽模樣視若無睹，走到張逆身旁，隨意坐下，目光中帶著幾分戲謔。

「小子，想作死也不是你這般做法啊，那可是數十萬人的攻擊，就算混沌塔的防禦再強，也經不住你這麼折騰。再來個兩三次，這塔怕是要報廢了，盡快搞些天材地寶來吞噬精華，增強它的力量吧！」

張逆勉強睜開眼，望向靈淵，眼中閃過一絲無奈與疲憊，苦笑一下，他聲音沙啞地說道：「我也想啊，可是現在到哪裡去搞那些能增強混沌塔力量的天材地寶？」

靈淵嘿嘿一笑，眼神中閃爍著狡黠的光芒：「有啊，你之前不是去過雷火谷嗎？那裡就有你需要的雷霆火心晶。」

「你確定雷火谷真有雷霆火心晶這種逆天寶物？」張逆費力地撐起身子，聲音中帶著幾分不確定。

雷霆火心晶，誕生於雷火交加的極端環境之中，歷經數萬年天地靈氣的滋養與雷霆烈火的淬鍊，方得成形。其外觀既非純粹的火焰之紅，亦非雷霆之藍，而是一種難以言喻的紫金色澤，是難得一遇的天材地寶。

靈淵收斂了笑容，認真地點了點頭：「我的感知不會有錯，絕對有雷霆火心晶。而且，就算沒有雷霆火心晶，那裡的雷霆和火焰對你也有不小的好處。你的太初仙火若是能吞噬那裡的火焰，說不定能進化到成熟期；而你體內的雷霆本源也能藉此機會更進一步。」

聞言，張逆眼中閃過一絲思索之色，雷火谷中的雷霆與火焰確實非同凡響，若能將其利用起來，對自己的修為和實力無疑是一次巨大的提升。想到這裡，眼中逐漸恢復了神采，嘴角也勾起了一抹笑意。

「你說得對，我確實應該再去一趟雷火谷。」張逆的聲音雖然依舊沙啞，但已多了幾分堅定，掙扎著盤膝而坐，運轉混沌破天訣恢復體力。

見狀，靈淵滿意地笑了笑，站起身，拍了拍張逆的肩膀：「我相信你一定能成功。不過記得，量力而行，別又像這次一樣，差點把命都搭進去。」

深夜，身披黑袍的張逆悄然落在雷火谷外，谷口處，微弱的雷火之氣足以讓尋常修士望而卻步，但他目光堅定，毅然邁出了第一步。

隨著他逐漸深入，雷火谷內的景象越來越駭人。空間混亂不堪，雷電如巨龍般穿梭，每一次閃爍都伴隨著震耳欲聾的轟鳴，震得他心神不寧。而地面則是一片火海，赤紅的火焰肆意翻滾，熱浪滾滾，幾乎要將一切吞噬。雷與火交織，形成一道道恐怖的死亡之網，讓人無處遁形。

張逆運轉混沌破天訣，體內的靈力如江河奔騰，化作層層護體光罩，緊緊包裹著他。但這雷火谷內的力量太過強大，即便是他也感到異常吃力。護體光罩不時被雷火擊中，發出刺耳的破碎聲。

張逆警惕地看著四方，暗自嘀咕：「想必西門家人來此修煉不滅金身訣，也只能在外圍徘徊吧！」

驀然，一股冰冷的殺機自前方傳來，寒冰刺骨，讓他渾身一顫。

張逆迅速抬眸望去，只見前方十丈之外，一頭身形龐大的妖獸正緩緩逼近。這妖獸身高十丈有餘，周身環繞著刺眼的雷霆與奔騰的火焰，散發著令人心悸的氣息。

「雷火獸！」

張逆心中一驚，這個名字瞬間浮現在他的腦海之中。他曾在萬獸譜中見過這種妖獸的介紹，深知其恐怖之處。雷火獸雖非神獸，但其體內蘊含著雷霆與火焰的雙重力量，實力之強，甚至能夠媲美一些低階神獸。

面對雷火獸的威脅，張逆的表情變得異常凝重。他緩緩站定，雙手緊握成拳，體內靈力再次瘋狂湧動，準備應對即將到來的戰鬥。

隨著雷火獸的逼近，周圍的空氣啪啪作響，張逆雙目如炬，緊盯著那龐然大物，體內的靈力如同沸騰的江水，洶湧澎湃。

雷火獸張開血盆大口，發出震耳欲聾的咆哮，一團團熾熱的火焰中夾雜著刺眼的雷霆，如同流星般向張逆猛撲而來。

火焰呈赤紅色，帶著毀滅性的高溫，足以熔化金石；而那雷霆則如同銀色的巨蟒，扭曲盤旋，帶著毀滅性的電擊之力。

張逆雙手快速結印，體內的太初仙火與雷霆本源被他召喚而出。

太初仙火頓時化作無數隻火鳳凰，圍繞著張逆翩翩起舞，將撲來的火焰一一吞噬，並在其內部熊熊燃燒，將其轉化為自身的能量。而那些被吞噬的火焰，非但沒有減弱太初仙火的威勢，反而使其更加旺盛，火焰的顏色也由原本的赤紅逐漸轉變為深邃的紫色，散發著令人心悸的高溫。

與此同時，雷霆本源化作一條條銀色的雷霆，將那些飛來的雷霆吸收，使得雷霆本源變得更加渾厚和強大。

眼見自己的雷霆和火焰居然對張逆無效，雷火獸仰天咆哮，四蹄猛然一揚，地面為之震顫，如同離弦之箭般衝向張逆，誓要將這個膽敢挑釁牠的存在徹底摧毀。

面對雷火獸的瘋狂反撲，張逆並無懼色，反而露出一抹冷笑，雷火獸的肉身雖強，但在他眼中卻並非不可破。

身形一動，如同獵豹般敏捷，瞬間迎上雷火獸。

拳影與爪風交織，發出震耳欲聾的碰撞聲。張逆的拳頭若有萬鈞之力，每一次揮出都帶著呼嘯的風聲，直擊雷火獸的要害。而雷火獸則憑藉著龐大的身軀和強大的力量，試圖將張逆壓制住。

張逆並未如牠所願，體內靈力與太初仙火、雷霆本源緊密相連，每一次攻擊都精準而有力。拳頭被火焰與雷霆包裹，所過之處，空氣都被點燃，留下一道道焦黑的痕跡。

一人一獸瞬間交手上百招，砰砰聲不絕，張逆的手臂有些發麻，而雷火獸卻什麼事都沒有，依舊戰力強橫，周圍的雷霆和火焰之力瘋狂湧入其體內，補充消耗。

「你這傢伙這是作弊啊！」張逆在心中大罵自己愚蠢，這裡可是雷火獸的主場，和牠拚消耗那是找死。

思緒急轉之下，張逆再次一拳轟出，在拳頭快眼打在雷火獸腦袋之上時，誅魔劍瞬間出現在手，直接刺入，靈力湧入，凌厲的劍芒在雷火獸腦袋中炸開，雷火獸的腦袋當即絞成飛灰，緊接著，牠的身體緩緩消散，化作濃郁的雷霆和火焰之力，被張逆吸入體內。

「真是不錯！要是再來幾頭雷火獸，說不定能突破到洞虛境九重圓滿。」感受到吸收雷火獸精華而增強不少的修為，張逆嘿嘿直笑，繼續向著深處走去。

但，讓他有些遺憾的是，接下來並沒有再遇到一頭雷火獸，毫無阻礙的來到雷火谷的核心區域——雷霆火心晶的所在地。這裡的雷火之力達到了頂峰，空氣中瀰漫著一種毀滅性的氣息，雷霆火心晶懸浮在能量最為狂暴的中心。

看著雷霆火心晶，張逆面露欣喜之色，深吸一口氣，將太初仙火覆蓋其身，形成一副流光溢彩的火焰鎧甲，鎧甲表面，火焰跳躍，如同有生命般律動，將張逆整個人都籠罩在一片絢爛的火光之中。

隨即邁開步伐，每一步都顯得異常沉重，好像踏在了歲月的塵埃上，周圍的空氣因他的靠近而變得扭曲，火焰鎧甲散發出的高溫讓周圍的空氣都微微震顫，發出輕微的爆裂聲。

就在他的手指即將觸碰到雷霆火心晶那璀璨光芒的瞬間，整個空間如凝固了一般。緊接著，一股前所未有的強大力量猛然爆發，張逆只覺得一股不可抗拒的巨力從雷霆火心晶中洶湧而出，如同山洪暴發，將他狠狠地震飛了出去。

張逆的身體在雷火中劃過一道長長的弧線，如同被狂風捲起的落葉，最終重重地摔在地上，他感覺到全身骨骼都要碎裂開來，疼痛難忍。火焰鎧甲在強大的衝擊下破碎不堪，化作點點火星消散，他掙扎著想要起身，卻發現自己的身體被千斤重石壓住一般，動彈不得。

就在這時，一道蒼老而溫和的聲音響起：「小娃，雷霆火心晶不能拿走，回去吧！」

張逆慌忙抬頭看去，只見雷霆火心晶旁不知何時已站立著一位老者。老者白衣白髮白須，面容慈祥而平和，像是從古老的歲月中走出的仙人。

張逆心中駭然，以他強大的精神力都未能提前感知到這位老者的存在，這足以說明老者的實力是何等通天徹地。他強忍疼痛，掙扎著從地上爬起，恭敬地向老者行了一禮：「前輩可是西門家老祖？」

「算得上是吧！當初西門友那個小娃闖入這裡時，老夫見他資質尚可，便傳了他不滅金身訣。」老者微微一笑道。

聞言，張逆心中大驚，西門友作為西門家的第一位老祖，其地位之崇高可想而知。而這位老者竟然還是西門友的師傅，更加讓張逆對老者的身分感到好奇與敬畏，忍不住再次問道：「前輩，您到底是何方神聖？」

老者似看穿了張逆的心思，微微一笑，並未回答他的問題，而是緩緩說道：「外界的事老夫早已感應到，但老夫如今只是一縷殘魂，根本無能為力。」

張逆一愣，隨即開啟混沌眼看去，這才注意到老者的身體竟然是透明的，說話間身體更顯虛弱，連忙說道：「前輩，晚輩這裡有穩固靈魂力的丹藥，或許能對您有所幫助。」

說著便從儲物戒中取出一瓶丹藥，遞向老者。

老者搖了搖頭，笑道：「不用了，孩子，老夫在這雷火谷中已經待了十數萬年之久，對於生死早已看淡。雷霆火心晶你不能拿走，因為它是鎮壓雷火谷地底惡魔王的關鍵之物。一旦失去它的鎮壓，惡魔王便會破除封印，為禍人間。」

「惡魔王？難道是十多萬年前幽冥女皇座下的四大天王之一？他還活著？」

老者點點頭，繼續說道：「當年天元宗主派老夫與十萬強者來此圍殺惡魔王，卻不料他在關鍵時刻突破到破碎境巔峰，實力大增，將我等打了一個措手不及，最終老夫與十萬強者以性命為代價才將他封印在此。」

「雖然他經過十多萬年的雷火煉化，一身修為十不存一，但也有半步破碎境六七重，如今的破天界卻無人能將他徹底殺死。」

「為何殺不死他？」張逆皺眉追問。

老者說：「惡魔王曾經是破碎境強者，身體被破碎之力洗鍊，一般神器難傷其分毫。」

張逆皺眉思索片刻後，突然心念一動，混沌斷劍出現在手中，試探性地問：「前輩，您覺得這斷劍能否傷到那惡魔王？」

老者眼眸微瞇，盯著混沌斷劍看了良久，卻未能看出其材質，只覺一股強大的氣息撲面而來，讓他也不禁有些動容。

「或許可以吧。」老者遲疑地回答道，隨即又搖了搖頭，「只是以你目前的實力根本不是惡魔王的對手。」

「那可不一定。」張逆揮了揮手中的混沌斷劍，眼中閃爍著自信的光芒，說「請前輩將小子送入封印之內，讓我去會會那惡魔王吧！」

「小娃，惡魔王可不是現在的你能面對」老者話還未說完，便戛然而止，因為，張逆的身影已然消失，進入到地底封印中。

第二章

血戰惡魔王

封印空間內自成一界，幽暗深邃，昏暗無光，虛天多見雷電，道道撕裂。

「整整十五萬年，本王終於見到活物了。」

張逆四處張望時，沙啞的聲音響起，冰冷枯寂，滿載著魔力。

話落，一個身形消瘦的老者憑空出現在張逆不遠處，周身有著絲絲縷縷的魔氣溢出，他便是被封印在這裡十多萬年的惡魔王。

「好精純的氣血，正好彌補一點點本王這些年的消耗。」惡魔王幽笑，乾瘦大手上魔氣湧動，匯聚成一支龐大魔手，向著張逆抓去。

在他看來，洞虛境層次的小修士就是螞蟻一般，揮手便能捏死。

「自大的傢伙。」張逆嘀咕一聲，腳踏逍遙幽冥步，身形如同鬼魅般在空間中穿梭，輕鬆避開那如山岳般壓來的龐大魔手。

「速度不錯。」惡魔王嘴角勾起一抹玩味的笑容，雙手一抓，化作一隻隻巨大的魔爪，攜帶著撕裂空間的力量，再次抓向張逆。

張逆身形靈動，不斷在魔爪間穿梭，同時揮動混沌斷劍，劍光如織，快若閃電，斬碎魔氣大手。

「這小娃的戰力真是彪悍，將來必定是一代巨擘。」封印外的虛影老者，看的嘖舌不已。

惡魔王也驚了，什麼時候這個荒蕪的破天界出了這等人才，難道是被封印太久，與外界脫節了！

「斬天三式之破天！」

惡魔王愣神之際，張逆暴喝，劍光如龍騰九天，帶著不可一世的鋒芒，直取惡魔王頭顱。劍光所過之處，空間被撕裂，留下一道道漆黑的裂痕。

「天魔掌！」惡魔王冷哼，改抓為掌，與劍光轟然相撞，爆發出震耳欲聾的轟鳴。

劍光如脆弱的紙張一般，在天魔掌的恐怖力量下瞬間被碾碎，掌印勢不可擋，繼續以驚人的速度向前推進，最終狠狠地轟擊在了張逆的胸膛之上。

張逆如被巨錘擊中，整個身軀都劇烈地顫抖起來，猛地噴出一口鮮血，身體如同被狂風捲起的落葉一般，飛出千丈之遠。

惡魔王冷笑，身形一閃，如同幽冥之影，橫跨無盡空間，再次揮動那布滿魔紋的巨掌。掌印遮天蔽日，帶著毀滅一切的氣勢，所過之處，空間寸寸碎裂，釋放出刺目的光芒與扭曲的漣漪。

面對這毀滅性的一擊，張逆神色凝重，混沌神體瞬間覺醒，一股古老而強大的力量自他體內澎湃而出，威勢驚天動地，劍指蒼穹，斬天三式第二式——裂地使出，長劍如龍出海，攜帶著混沌之力的狂暴與秩序，猛然斬出。劍光所過，那鋪天蓋地的掌印竟被一分為二，隨後轟然碎裂，化作點點星光消散於無形。

「眼拙了，竟然是傳說中的混沌神體，難怪戰力如此強大。」惡魔王雙眼閃爍著幽綠的光芒，如同餓狼發現了獵物，周身魔氣洶湧澎湃，天魔掌印再度凝聚，這一次的威力比前一次大了百倍不止，彷彿要將整個宇宙都納入其掌中。

張逆心中一凜，當即施展出斬天三式的最後一式——斬仙！

只見他全身仙光四射，手中混沌斷劍更是璀璨奪目。

劍掌碰撞，爆發出驚天動地的巨響，整個空間都為之顫抖，幾乎崩潰。

兩人各自後退一步，但隨即又如兩道閃電衝向對方，戰意高昂。

惡魔王化為一頭魔龍，體型龐大如山岳，通體烏黑，魔氣繚繞，道則環繞其身，每一次呼吸都引動天地異變，席捲著滔天的魔煞之氣，在滾滾魔霧中翻騰咆哮，欲要將張逆吞噬殆盡。

而張逆則化身為真龍，黃金璀璨，龍鱗上閃爍著混沌神蘊，盤旋於銀河之中，宛如天神下凡，眸子深邃浩渺，有道蘊在緩緩演化。

一黑一金兩條巨龍在空中激烈交鋒，每一次碰撞都伴隨著空間的扭曲與破碎，整個封印空間都被打得混亂不堪。戰鬥越來越激烈，張逆與惡魔王都已是傷痕累累，但他們的戰意卻更加高昂。

戰！

張逆嘶吼乃是一聲發自靈魂的咆哮，沐浴著惡魔王的血，渾身都似火燃燒。

「轟！砰！」

兩聲轟隆，惡魔王與張逆化回人形，皆墜落了虛天，將大地砸出了大坑，一個血骨淋漓，一個血肉橫飛。

良久，張逆從坑中爬出，拎著染血的混沌斷劍，煞氣滔天，渾身血壑，渾然不顧，眸中的殺機，聚成了冰冷的寒芒，恍若實質。

「本王不信！」

伴著憤怒的嘶嚎，對面的大坑中，惡魔王也爬了出來，步伐有些踉蹌，多處血骨暴露，看張逆的眼神滿載著憤恨與凶殘。

他乃破碎境巔峰強者，雖然被封印十多萬年，修為滑落至半步破碎境六重，但也有著破碎境強者的心境和感悟，竟被一個洞虛境九重天的小娃打的這般慘，破碎境強者的無上威嚴蕩然無存。

「那便打到你信！」張逆的聲音冷冽而堅定，體內混沌破天訣瘋狂運轉，雷神劍法前四式如同雷霆之怒，瞬間被他演繹得淋漓盡致。

「雷動九州！」

第一式出，劍尖輕點，頓時天地間雷鳴陣陣，無數雷光匯聚成一道粗壯的雷柱，自九天之上轟然落下，將整個封印空間都震動得顫抖不已。

「電閃千里！」

第二式緊隨其後，張逆身形如電，劍光閃爍間，已跨越千重空間，直取惡魔王要害。電芒交織，如同銀河傾瀉，每一道光芒都帶著撕裂虛空的威力。

「雷鳴九天！」

第三式更為震撼，張逆一劍揮出，頓時天空中雷鳴滾滾，九道巨大的雷龍盤旋而出，發出震耳欲聾的咆哮聲，它們互相纏繞，最終匯聚成一股毀天滅地的力量，轟向惡魔王。

「雷暴四海！」

張逆全身雷光繚繞，猛地一劍斬出，劍光所過之處，空間被撕裂開一道道漆黑的裂縫，雷暴之力瞬間爆發，將整個封印空間都籠罩在一片雷暴之中。

惡魔王咬牙切齒，周身魔氣沸騰到了極點，如同沸騰的岩漿，將整個封印空間映照得一片漆黑。一柄通體漆黑、散發著濃濃魔氣的巨劍突然出現在它手中，劍身之上，無數怨靈哀號。

「殺、殺、殺！」

惡魔王怒吼，手臂一揮，億萬道冰冷而枯寂、魔性而暴虐的劍芒衝天而起，與雷霆劍芒狠狠碰撞在一起，一時間，整個封印空間都被撕裂開來。

轟聲湮滅，張逆和惡魔王的身影顯現，兩人臉色慘白，氣息虛弱不堪。

張逆的身影雖然搖搖欲墜，但那雙眸子卻異常堅定，以混沌斷劍為支撐，勉強穩住身形，望著惡魔王，嘲諷道：「你被困於此太久，可能還不知道幽冥王、心魔王、暗魔王的殘魂，皆已在我劍下消散，而你的主子幽冥女皇更是落入我手，為求活命，不惜以身相許。」

惡魔王聞言，眼中閃過難以置信的憤怒與絕望，一口鮮血噴湧而出，染紅了衣襟，也映襯出那張因極度痛苦而扭曲的臉龐：「胡說！女皇大人，她乃是魔族至高無上的聖女，純潔無瑕，怎會做出如此不堪之事！」

張逆輕輕搖頭，嘴角勾起一抹戲謔：「世事無常，你又怎知她的高傲不能為了生存而低頭？至於她的身段，確實難以恭維，比起凡塵中的煙火之地，亦是遜色幾分。」

惡魔王的臉色因憤怒而變得猙獰，咆哮道：「混蛋！你必將承受魔尊無盡的怒火，破天界的生靈也將因為你的狂妄而遭受滅頂之災！」

「魔尊很強嗎？你們來破天界十幾萬年，也未見他前來，想必是找不到破天界的位置吧！」

張逆冷笑，強行匯聚所有精氣神，閉目凝神片刻後，猛然睜開，眼中閃過一抹瘋狂，混沌劍法第一式——混沌初開施展而出。

只見混沌斷劍之上，一股古老而混沌的力量開始匯聚，逐漸形成一道前所未有的劍芒，劍芒中法則交織，蘊含著開天闢地的偉力，斬斷一切束縛與規則。

「魔神斬！」惡魔王燃燒了所有生命力，怒吼著施展魔神劍訣。

這一劍同樣恐怖絕倫，帶著惡魔王的絕望與憤怒，誓要將一切阻擋在面前的存在徹底摧毀。

兩道劍芒終於碰撞在一起，劍芒交織，劍氣縱橫，每一道劍氣都足以讓虛空為之顫抖，讓星辰為之隕落。

這一刻，整個封印空間幾乎被撕成碎片，惡魔王的身影在劍芒的肆虐下逐漸模糊，最終身毀神滅。

而張逆，則是憑藉著混沌塔的庇護，才勉強保住了性命，由於消耗過度，陷入昏迷。

封印結界之外，虛影老者緩緩浮現，面容慈祥而滄桑，眼中閃爍著複雜的情緒。他輕嘆一聲，聲音中滿是感慨與解脫：「小娃，謝謝你滅了惡魔王，讓我們的殘魂在消散的最後一刻得以解脫，若有緣踏入諸天萬界，請務必前往金陽星一趟，老夫名聖靈。」

言罷，他化作一團耀眼的金光融入張逆的身體之中，緊接著，那十萬破碎境強者的虛弱元神也緊隨其後，紛紛融入張逆的體內。

隨著這些元神的融入，張逆的身體開始發生微妙的變化，一股股溫暖而強大的能量在他體內湧動，修復受損的經脈與肉體。

不多時，張逆悠悠轉醒，眼中閃爍著新的生機與堅定，感激地望向虛無，輕聲說道：「謝謝聖靈前輩和諸位前輩的饋贈，他日小子若有機會前往諸天萬界，定當親自前往金陽星，向你們的宗門彙報。」

話落，張逆身形一閃，衝出地底，重新回到了雷火谷，他微微一笑，揮手之間，雷霆火心晶便收入囊中。隨後，祭出太初仙火與雷霆本源吞噬谷內的火焰和雷霆。

太初仙火在吞噬火焰後，開始緩緩蛻變，它的火焰顏色變得更加深邃，散發出令人心悸的高溫與毀滅性的力量。顯然，它已進化到了成熟期，其威力較之前有了質的飛躍。

而雷霆本源，也變得更加凝鍊與強大，如同一條咆哮的雷龍，在張逆的掌控下肆意遊走，釋放出令人膽寒的雷電之力。

「真不錯！」

張逆笑了笑，收了太初仙火和雷霆本源，隨後將雷霆火心晶融入混沌塔之中。只見混沌塔上金光大盛，道蘊橫生，一股古老而強大的氣息瀰漫開來，夠溝通天地，引動萬法。

張逆能清晰地感覺到，混沌塔在這一刻得到極大的增強，比之前強大了數倍不止。

「這雷霆火心晶，果真是逆天級別的至寶，若有幸再獲幾枚，混沌塔定能恢復往昔的無上榮光，重現萬古前的輝煌。」

張逆喃語，再次看向這片沒有一絲雷霆和火焰的山谷，身形微動，化作一道璀璨流光，瞬間跨越了空間的界限，消失得無影無蹤，只留下一串淡淡地漣漪在虛空中緩緩盪漾。

「嘿，小子，這一趟收穫頗豐吧！」正當張逆沉浸在自我思緒中時，靈淵那略帶戲謔而又興奮的聲音突然在他腦海中響起。

張逆翻了個白眼，沒好氣地反駁道：「有什麼好的？差點就被惡魔王給滅了，要不是我急中生智，用言語刺激他，讓他心神大亂，現在可能都得換搭檔了，老子打生打死半天下來，連根毛的好處都沒撈到。」

聞言，靈淵不樂意了，氣急敗壞地罵道：「你個小兔崽子，沒大沒小的，居然敢對我稱老子！你得到的好處，那可是比雷霆火心晶還要珍貴千百倍！」

「不說戰鬥中心境的磨礪，就是那十萬破碎境強者元神的力量，它們不僅修復了你的傷勢，還讓你的修為提升到洞虛境九重圓滿，更讓你領悟到破碎之力的奧祕，你這小子得了便宜還賣乖，真是氣煞我也！」

張逆一愣，隨即恍然大悟，閉上眼睛，細細感受體內那股新生的力量——破碎之力，那是一種能夠瓦解萬物、洞穿虛實的恐怖力量，讓他不禁心生歡喜。

睜開眼，張逆嘴角勾起一抹滿意地笑容，自語道：「看來，這一趟還真是挺值得的，修為不僅提升到了洞虛境九重圓滿，還意外領悟了破碎之力，真是意外之喜。」

「別高興太早。」靈淵若有所思的摸了摸下巴，「據暗魔王的意思，幽冥女皇是諸天萬界中三大頂尖勢力之一——魔域的聖女，以她那等身分，怎會孤身前來這小小的破天界呢？莫非這裡有什麼逆天之物讓她眼饞？」

「破天界應該沒有什麼寶物能入她法眼！」張逆收起笑容，有些不確定地說道，「難道魔域算出混沌破天訣會在這裡出世，幽冥女皇來尋找？」

「這個猜測很可靠，小子，以後你將麻煩不斷了。」

「怕什麼，兵來將擋，水來土掩，他日，小爺修為大成，必屠盡魔域，為破天界眾生討個公道。」

說話間，張逆來到滄瀾城萬里之外的一座孤峰之上。這座山峰高聳入雲，雲霧繚繞，宛如仙境。他站在峰頂，眺望著遠方，心中充滿了期待與激動。

因為這裡，是他與蔡冰顏約定的會合之地，他想像著與蔡冰顏重逢時的情景，臉上不禁露出溫柔的笑容，那是一種只有在心愛的人面前才會展露的柔情與溫暖。

天邊漸漸亮堂起來，金色的陽光穿透雲層，灑落在孤峰之上，給這冰冷的山石鍍上了一層溫暖的金色。就在這光芒萬丈的瞬間，一道曼妙的身影自雲端踏空而來，如同仙子降臨凡塵，輕盈而優雅。

蔡冰顏一襲七彩霓裳，髮髻高挽，幾縷青絲隨風輕舞，宛如畫中走出的仙子，不染塵埃，眼眸清澈明亮，當她看到張逆的那一刻，嘴角不由自主地勾勒出一抹溫柔的微笑，那笑容，足以融化世間所有的寒冰。

張逆快步上前，張開雙臂，將蔡冰顏緊緊擁入懷中，這一刻，時間彷彿凝固，所有的思念都化作這緊緊相擁的溫暖。

兩人就這樣靜靜地相擁著，任由山風吹拂，彷彿整個世界都只剩下他們兩人，張逆的手輕輕撫摸著蔡冰顏的髮絲；蔡冰顏則依偎在他的懷裡，聆聽著他有力的心跳，感受著那份來自心底的堅定與深情。

良久，兩人才緩緩分開，張逆看向虛空，笑道：「你們要看多久，還不出來嗎？」

隨著話音落下，虛空被撕裂了一道口子，玄昊、西門霸道與西門昊天三人從中走出，玄昊一步踏下虛空，與張逆並肩而立，不好意思地撓了撓頭，臉上掛著標誌性的笑容，「大哥，我們都已經儘量遮掩氣息了，你是怎麼發現的啊？」

張逆聞言，嘴角勾起一抹寵溺的笑意，伸手輕輕捏了捏玄昊的臉頰：「因為我是你大哥，當然能感知到你的存在。」

隨後，張逆的目光轉向了西門霸道，眼神中多了幾分嚴肅：「人都安頓好了嗎？」

「受傷的族人都已安排送往浩宇城，剩餘的不到一萬人，已派至滄瀾城附近埋伏，準備發動突襲，力求速戰速決，以免夜長夢多。」

張逆點點頭，顯然對當前的局勢有著清醒的認識：「不錯，必須盡快結束這場戰鬥，若是讓軒轅家察覺並插手進來，你西門家恐怕將陷入萬劫不復之地。」

西門霸道神色凝重，深知張逆所言非虛，沉聲道：「張兄說得極是，可暗魔王實力強橫，更有西門驚鴻與龍鱗衛助陣，再加上那不下五萬的老祖，我們這點人手，實在是……」

「確實，整體實力上的差距是我們不得不面對的現實，但可以嘗試分散他們的力量，逐一擊破，不過，這其中有個難題……」張逆摸了摸下巴，看向西門霸道，眼神中透露出複雜的情緒，「他們畢竟是你的族人，下得了手嗎？」

一旁的西門昊天聽到此話，不禁發出一聲沉重的嘆息，雖然家族的利益高於一切，但那些畢竟也是血脈相連的親人。隨即眼中閃爍著一絲決絕。

「為了家族的未來，即便心中不忍，也別無選擇。」

「廢去修為，讓他們成為普通人。」沉默了片刻，張逆冰冷地說道，「這樣既能留他們性命，也能削弱暗魔王的力量。」

半個時辰後，張逆五人出現在滄瀾城外，西門霸道將僅剩的萬餘人平均分成百個小組，悄然入城。

張逆、蔡冰顏與玄昊三人一組向著一個方向謹慎前行，玄昊眉頭緊鎖，拳頭也不自覺地緊握，低聲罵道：「暗魔王那個混帳東西，竟然能讓西門家族的人自相殘殺，真是可惡至極！」

「可惡的是人心。」蔡冰顏輕輕搖了搖頭，清冷的面容浮現一抹自嘲之色，緩緩說道，「暗魔王的魔氣難以控制半步破碎境強者，但他們渴望力量，渴望永生，卻忘了這一切背後的代價。」

張逆微微點頭，目光中閃爍著複雜的情緒：「人心，確實是最複雜也最可怕的東西，那些老祖、西門驚鴻都是甘願入魔，成為暗魔王的棋子。」

玄昊的臉色更加迷茫，他轉過頭，一臉不可置信地看著張逆和蔡冰顏：「為什麼?他們難道真的不明白，這樣做只會讓西門家族陷入萬劫不復的境地嗎?」

蔡冰顏輕嘆一聲，目光中閃過一絲悲憫：「他們明白，但他們更想從暗魔王那裡得到突破到破碎境的功法，只要到了破碎境，便擁有了無盡的生命，有大把的時間重振家族。」

玄昊沉默片刻，有些不確定地說道：「暗魔王真會如他們所願，傳授給他們突破破碎境的功法嗎？」

「不會，暗魔王只是利用這些人的欲望和貪婪，讓他們成為自己手中的工具，待達成目的，便會無情地拋棄。」張逆目光如炬，聲音低沉而冰冷。

「真是可悲啊……」玄昊忍不住嘆息出聲。

「是挺可悲的，他們以為抓住了獲得永生的機會，卻不過是陷入了一個永遠無法醒來的夢。在這紛亂的世道，沒有什麼比認清現實、腳踏實地更重要了。追逐虛幻的永生，只會失去更多。」

蔡冰顏的話音剛落，張逆便敏銳感知到前方不遠處的動靜，迅速傳音提醒蔡冰顏和玄昊。

三人迅速交換眼神，默契地放慢腳步，前方百丈外的街角處有五個龍鱗衛在左顧右盼，格外警惕。

張逆右手輕揮，一股無形的力量湧出，瞬間布置出一個隱蔽的結界，將三人和五個龍鱗衛籠罩。

玄昊的噬神槍悄無聲息地出現在手中，他眼神一凜，身形猛然暴起，如同鬼魅般衝向五人。

「嗖！」噬神槍在空中劃出一道刺目的軌跡，帶著破空之聲強勢刺出。槍尖所過之處，空氣都被撕裂開來，強大的威壓讓得周圍的空氣都為之一凝。

五個龍鱗衛感覺到強烈的危機感襲來，慌忙祭出道器長劍進行抵擋。然而，在玄昊那精湛絕倫的槍法面前，反抗顯得蒼白無力。

「砰、砰、砰！」幾聲清脆的金屬交擊聲響起，玄昊的噬神槍勢如破竹，輕易擊潰五人的防禦。槍尖所向披靡，瞬間貫穿其中兩人的胸膛，鮮血噴湧而出。

剩下的三人驚恐萬分，想要逃跑卻已經被結界牢牢困住，只能眼睜睜地看著玄昊一步步逼近，眼中充滿了絕望和不甘。

「玄昊的槍法又有精進，不愧是玄武一族的血脈。」一旁的張逆滿意地點點頭，笑得甚是欣慰。

第三章

西門驚鴻身死

「玄昊兄弟進步的確很快，自雲渺城出來，短短幾個月時間就從洞虛境五重達到半步破碎境一重的高度。」

蔡冰顏撩了撩額前有些凌亂的秀髮，溫柔地說道：「但更讓我驚訝的是你在短短兩年時間，從一個凝氣境的小修士，達到如今的洞虛境九重圓滿，做到了別人千年都未能達到的高度。」

聞言，張逆非常得意的整了整衣領還瀟灑地甩了甩頭髮，謙虛地笑道：「蔡姐盡說大實話，弄得我都有點不好意思了。其實，我能有今天的成就，多虧蔡姐的悉心教導。如果當初沒有遇到妳，現在還不知道在幹什麼呢。」

「是啊，若不是遇到我，你現在還是一個無憂無慮的少年郎，而不是像現在這樣，背負著沉重的責任和壓力，每一天都徘徊在生死邊緣。」蔡冰顏面露愧色，聲音中帶著一絲不易察覺的顫抖，美眸中滿是心疼與自責。

張逆連忙收起笑容，認真地看著蔡冰顏的眼睛：「蔡姐，妳別這麼說，遇見妳是我這輩子最幸運的事情之一。而且我有種感覺，好像我們前世就是一對愛人，今生的相見是注定，就算當年未林陽城外相遇，也會在別的地方遇到，還有藍姐、敏姐和水姐也是一樣。」

「其實我也有這種感覺，若是換作他人，當初對我做了那事，恐怕早已出手殺，但對你，卻始終下不了那個決心，甚至還有一種莫名的欣喜。」

蔡冰俏臉微紅，顏眼神低垂，長長的睫毛輕顫，雙手不自覺地交疊在一起，輕聲說道：「還有，你長得並不出眾，但藍妹妹、蒼敏妹妹和水妹妹她們，為何會看上你呢？」

說到這裡，蔡冰顏的臉上不禁露出了一抹古怪的笑容，也有些難以置信。

「還不是妳的傑作？」張逆頓時無比尷尬，嘴角勾起一抹苦笑。

「就算我從中攪和，但也不應該這樣啊！」蔡冰顏眉頭微蹙，喃喃自語道，「莫非我們前世傷害你太多，今生是來還債的？」

「大哥，你們在說什麼？怎麼表情都這麼奇怪？」就在這時，滿身肅殺之氣的玄昊手持噬神槍走了過來，一臉疑惑地看著兩人。

張逆訕訕一笑，連忙揮手撤去結界，同時將地上的五個龍鱗衛收入混沌塔，故作輕鬆地說道：「沒什麼，在閒聊而已。」

說著，拉起蔡冰顏的玉手向前走去，玄昊撓撓頭，一臉茫然。

兩個時辰後，三人緩緩步入一個寬廣的廣場，只見廣場中央，西門驚鴻孤身而立，宛如一尊雕像，白髮在微風中輕輕飄揚，血色長袍隨風鼓盪。

西門驚鴻的目光銳利如鷹，冰冷嗜血，緊緊鎖定在張逆身上，聲音低沉而沙啞，「從你們再次進入滄瀾城，老夫就知道，因此，特意在此等你，只為做個了斷。」

「你是龍鱗衛統領，城中有任何風吹草動都難逃你的法眼，我們的行蹤你當然一清二楚。只是你一定要現在和我生死相拼嗎？難道不知道我們是來挽救你的家族？」

「老夫如今投靠了暗魔王，不是西門家人，今日不是你死，就是我亡！」西門驚鴻冷笑，身上有著絲絲縷縷的魔氣在湧動，眼神更加冰冷。

隨著西門驚鴻的話音落下，一股濃郁的殺氣頓時瀰漫在整個廣場之上。

「好，成全你求死之心。」

張逆深吸一口氣，示意蔡冰顏和玄昊後退，隨後祭出誅魔劍，劍身在陽光下閃爍著寒光，一股凌厲的劍意隨之瀰漫開來。

西門驚鴻雙手緊握成拳，血色長袍無風自動，不滅金身訣極速運轉，隨著一聲低沉的咆哮，他猛地衝向張逆，拳風呼嘯，帶著毀滅性的力量。

張逆腳踏逍遙幽冥步，輕鬆避開了西門驚鴻的攻擊，同時長劍揮出，一道璀璨的劍芒劃破長空，直取西門驚鴻的咽喉。

西門驚鴻冷哼，身形急退，同時雙拳連環轟出，與劍芒碰撞在一起，爆發出震耳欲聾的轟鳴聲。

兩人身形如電，在廣場上急速穿梭，西門驚鴻的拳法剛猛無匹，每一拳都足以撼動山岳；而張逆的劍法則靈動飄逸，每一劍都直指要害，讓人防不勝防。兩人的交鋒異常激烈，每一次碰撞都伴隨著火花四濺與轟鳴之聲，將整個廣場籠罩在一片混亂之中。

隨著時間的推移，西門驚鴻的拳風越來越猛烈，如同狂風暴雨般向張逆傾瀉而來。而張逆則憑藉著絕世劍法與敏捷的速度，將其死死壓制。

如今的張逆，修為達到洞虛境九重圓滿，就算不用混沌神體，也要強上西門驚鴻太多。

突然，張逆再次加速，身形在空中劃出一道凌厲的弧線，如同龍騰九天，攜帶著無匹的氣勢。手中誅魔劍，劍光如龍，劃破長空，直逼西門驚鴻的心臟。

西門驚鴻的反應也是極快，迅速調動全身的力量，身形如同幻影般在空中穿梭，試圖以身法避開這致命的一擊。然而，張逆的這一擊太過迅猛，西門驚鴻的躲避終究慢了半拍。

誅魔劍以一種不可阻擋之勢穿透了西門驚鴻的胸膛，鮮血如同綻放的紅蓮，噴湧而出。

西門驚鴻的身體劇烈顫抖，臉色瞬間變得蒼白如紙，眼中的光芒也逐漸暗淡下去。

他艱難地轉頭望向張逆，眼中既有感激也有歉意，嘴唇微動，聲音微弱而沙啞，每一個字都像是從喉嚨裡硬擠出來的。

「謝謝你……為西門家所做的一切……老夫成了魔，是家族罪人，沒臉活在世上……」

張逆心中五味雜陳，緩緩走上前，語氣中帶著一絲惋惜，說道：「何必求死呢？西門霸道曾說，你是他最信任的人，即使被暗魔王所魔化，他也不會懷疑你的本心。」

「真……的嗎？那……真是太好了……」

西門驚鴻緩緩閉上了眼睛，嘴角勾起一抹淡淡地微笑，隨後，他的身體逐漸消散，化作點點光芒，融入了虛無之中。

「放心去吧！」張逆淡淡一語，揮手收回誅魔劍，隨後，轉身向不遠處的蔡冰顏和玄昊走去。

「本王等你很久了。」張逆未走出幾步，一道蘊含著無上威嚴的冰冷聲音從天際傳來。

話落，暗魔王從虛無中踏步而出，他身披黑袍，面容冷峻，雙眸中閃爍著幽綠的光芒，每一步都踩得虛空轟隆炸響。

隨著暗魔王的現身，西門青松等人紛紛從四方虛空踏出，將這片天地圍得水洩不通，他們個個臉色猙獰，眼中燃燒著熊熊的殺意，周身環繞的魔氣如同沸騰的墨汁，翻滾不息。

「你們都是西門家老祖，如今卻要與魔為伍嗎？」張逆並未有絲毫的慌亂，淡漠地掃視著四周，緩緩開口，聲音雖輕卻清晰有力。

這句話如同一記重錘，狠狠地敲擊在西門青松等人心上，讓他們不禁為之一愣，但很快便恢復了猙獰的臉色，魔氣更加洶湧地翻滾。

「與魔為伍那又如何？我們不過是選擇了另一條路，一條通往無上力量，企圖掙脫輪迴束縛的長生之道罷了！」

西門青松嘴角勾起一抹扭曲的笑，似在自我嘲諷，又似是對張逆的挑釁。

隨即，他振臂一揮，周身魔氣如同黑色的龍捲風暴席捲四周，將空氣都撕裂出刺耳的尖嘯聲。

「歷經生死修練數千年，卻終究難逃歲月的侵蝕，而今暗魔王大人賜予無上功法，讓我們有機會窺視那傳說中的破碎境，試問，這樣的誘惑，誰能抵擋？」

另一白髮老者的臉上也浮現出一種近乎瘋狂的猙獰，眼中閃爍著狂熱的光芒，彷彿已經看到了自己超脫生死，凌駕於萬物之上的未來。

「家族？哈哈哈……」

西門璇璣突然大笑起來，踏前一步，看向張逆：「在長生面前，家族又算得了什麼？西門家的輝煌與衰敗，不過是時間長河中的一粒微塵，轉瞬即逝。」

「而我西門璇璣，要追求的是超越這一切的永恆！為此，老夫寧願付出一切代價，包括名聲、後代，乃至整個家族的存亡，只為了換取那虛無縹緲的長生之夢。暗魔王給了我們這個機會，我們豈能放棄？」

「即便是踏入無盡的黑暗，成為世人唾棄的魔頭，也在所不惜！」

隨著西門璇璣的話語落下，四方虛空的眾人紛紛發出震耳欲聾的咆哮，魔氣四溢。這一刻，所有地道德、倫理都已被拋諸腦後，只剩下對永生的追求。

「真正的長生，在於心靈的超脫，在於對世間萬物的理解，你們這般行徑，只會走向毀滅。」

張逆臉色平靜如水，緩緩搖了搖頭，聲音中帶著一絲悲憫：「更何況，暗魔王的功法比不滅金身訣還強嗎？真是可笑！」

「無知小兒，不滅金身訣怎能與暗魔王大人的功法相比？」聽到張逆的嘲颯，西門璇璣如一頭被激怒的野獸，全身散發出更加濃郁的魔氣，猙獰咆哮。

「西門友前輩有爾等這種無知後輩，真是悲哀！」張逆鄙夷地看了西門璇璣一眼，而後將目光轉向了暗魔王，冷冷地說道，「你敢以幽冥女皇之名發誓，你的功法比不滅金身訣強嗎？」

「此時此刻討論這個問題毫無意義，就算本王的功法不及不滅金身訣那又如何？」暗魔王嘴角勾起一抹冷笑，眼神中閃爍著玩味與不屑，聲音低沉而有力，帶著一股不容置疑的威嚴，「至少是這些螻蟻突破破碎境的希望，你還是想想要如何死在本王手上吧！」

「想殺我，你還不配！」張逆冷哼，周身靈力如沸騰的江海，洶湧澎湃，將周圍的空氣都擠壓得扭曲變形。

緊接著，他身形一展，揮拳砸向暗魔王。

暗魔王一步橫跨空間，雙掌之上黑氣繚繞，與張逆的拳頭狠狠碰撞在一起。

剎那間，天地為之色變，狂風驟起，兩人的力量在空中交織、碰撞，爆發出震耳欲聾的轟鳴。

張逆與暗魔王的身影在虛空中交錯，每一次碰撞都伴隨著震耳欲聾的轟鳴和空間的扭曲。張逆雖然勇猛無比，但暗魔王的實力同樣深不可測，兩者之間的戰鬥顯得異常膠著，難分勝負。

西門璇璣等人剛想出手相助暗魔王，卻被趕來的西門霸道一行人攔下，混戰爆發，空間混亂，大地龜裂，塵土飛揚，遮天蔽日。

「大嫂，我們去助大哥一臂之力吧！」

御空後退萬丈的玄昊按捺不住內心的擔憂，對身旁的蔡冰顏說道，聲音中帶著一絲急切，他深知，單憑張逆一人，想要戰勝暗魔王絕非易事。

「現在還不到我們出手的最佳時機。」蔡冰顏輕輕搖了搖頭，目光深邃而冷靜。

「可是……」玄昊還想再說些什麼，卻被蔡冰顏打斷。

「你看那邊。」蔡冰顏玉手指向東邊，神色凝重地說道，「那些人的實力並不弱於暗魔王，我們的任務是阻止他們影響戰局。」

玄昊心中一震，順著蔡冰顏所指的方向望去，果然看到十四道身影隱匿於暗處，正靜靜地觀望，卻看不穿他們的修為，頓時一股寒意襲上心頭。

「大嫂，妳可認識他們？」玄昊的聲音微微顫抖，試圖從蔡冰顏那裡找到一絲線索。

「不認識。」蔡冰顏搖頭，眉頭緊鎖，緩緩說道，「只是對那個女子的氣息有一種熟悉感，似乎在哪裡見過，現在卻想不起來。」

那十四人就是從天寶商會總部趕來的龍飛與雲中天座下的九大使者，及蕭梅、許風、許松、許陽。

龍飛手持一柄精緻摺扇，輕輕搖晃，臉上掛著淡然的微笑，目光落在與暗魔王激戰的張逆身上，讚嘆道：「不愧是修煉了混沌破天訣的張逆，僅僅洞虛境九重圓滿，便能與擁有半步破碎境七重實力的暗魔王戰得難解難分，這等實力，當真令人嘆服。」

蕭梅的雙手背在身後，傲然而立，悠悠一笑道：「想必以天道聖子的實力，要拿下他不過是輕而易舉之事吧。」

「聖女誇獎了，妳如今已完全融合了魔鬼之心，同境界之下，妳的實力更勝往昔，要拿下他，自然也是不費吹灰之力。」龍飛淡然一笑，摺扇輕揮，謙遜地說道。

「是嗎？」蕭梅雙眸微瞇，嘴角勾起一抹傲然的笑意，「那本皇現在就出手殺了他，奪下混沌破天訣功法，然後破開封天陣，返回諸天萬界。」

龍飛輕輕搖了搖頭，臉上的笑容漸漸收斂，取而代之的是一抹凝重：「現在還不行，封天陣並非尋常陣法，其威力之強，遠超妳我想像。以我們目前的力量，還不足以強行破開它。需要張逆再融合至少一塊混沌斷劍碎片，以此削弱陣法的威力，再尋機而動。」

說到此處，龍飛的眉頭微微皺起，目光中閃過一抹憂慮，讓張逆多活一段時間，就意味著要承擔更多的不確定性和風險，但為了大局考慮，不得不做出這樣的決定。

蕭梅臉色一沉，對龍飛的決定感到不滿，但她也明白，龍飛的話並非無的放矢。

「讓這混蛋多活一段時間，本皇真是不甘心，這就去打他一頓出出氣。」蕭梅冷哼，便要撕裂空間出去，但被龍飛閃身攔住。

「莫衝動壞了大事，他體內有無上神器——混沌塔，那個器靈可是能從氣息猜出我們的身分和來歷，得不償失。」龍飛冷冷地說道，「待他從南域禁地取得混沌斷劍碎片，我們便殺上破天宗，那時，妳想怎麼做都行。」

「現在什麼都不做嗎？」蕭梅周身魔氣環繞，殺氣湧動，但還是停下腳步。

「當然不是。」龍飛輕輕搖了搖頭，緩緩說道，「南域禁地開啟的時間為一年，而我們在這期間要拿下東域、南域、北域和中域，集合四域所有強者殺向破天宗，讓張逆避無可避。」

蕭梅點點頭，隨後那冰冷的美眸看向遠處的蔡冰顏，試探性地說道：「聖子不想去和她敘敘舊嗎？」

「不用了。」

龍飛只是淡淡地看了蔡冰顏一眼，眼中沒有過多的情緒波動：「來這裡就是想確認一下是不是曾經的那個她，現在知道答案了，我們也該走了。」

說著，龍飛招呼著身後的暗使者九人撕裂空間離開。

「真絕情，她可是你當年苦苦追求的女人啊！」蕭梅撇撇嘴，帶著許風三人緊隨其後。

「他們走了？」遠處，玄昊擦了擦小臉上的冷汗，結結巴巴地說道，實在是龍飛等人的實力在太過強大，若是他們出手，己方沒有絲毫勝算。

蔡冰顏點點頭，又看了一眼龍飛等人離開的方向，這才一步橫跨空間，加入戰鬥。

身形如風，七彩劍芒凌厲，眨眼間便將兩人斬成血霧，連元神也未能逃脫。

玄昊也不示弱，槍出如龍，和一個半步破碎境三重的老者打得難解難分。

隨著兩人的加入，西門霸道等人的壓力驟減，但實力最弱的西門帝和西門如意也是傷痕累累，仗著手中神器勉強支撐。

每個人都是殺紅了眼，曾經是家族尊敬的先輩，如今卻為了那虛無縹緲的破碎境而背叛，讓他們心痛，也讓他們的心變得冰冷，出手不再留情。

此時，張逆與暗魔王的戰鬥已然達到了白熱化的境地，每一刻都是天地間最為震撼的交響樂章。兩人的對決，不僅僅是力量與技巧的碰撞，更是意志與信念的較量。

張逆宛如從九天之上降臨的戰神，誅魔劍每一次揮動都伴隨著雷鳴般的轟鳴，劍光如龍，劃破長空，所過之處，空間被撕裂，留下一道道觸目驚心的裂痕。

暗魔王周身魔氣環繞，面容隱藏在黑暗之中，露出一雙赤紅的眼眸，閃爍著嗜血與瘋狂的光芒，每一次攻擊都狂野而霸道，魔氣化作巨大的掌印，如同烏雲蔽日，籠罩整個戰場，所及之處，虛空為之震顫，萬物為之失色。

兩人的戰鬥，如同兩顆星辰在宇宙中激烈碰撞，綻放出耀眼的光芒。劍光與掌印交織在一起，形成一幅幅驚心動魄的畫面。每一次碰撞，都伴隨著震耳欲聾的轟鳴，虛空中的能量波動如同海浪般洶湧澎湃，將周圍的一切都捲入其中。

當兩人的身影再次在空中交錯時，劍芒與掌印又一次碰撞，一股強大的力量從碰撞點爆發而出，將兩人同時震退千丈之遠。

「混沌神體，不過如此！」暗魔王獰笑，聲音在虛空中迴盪，充滿了不屑。

「不過是一縷殘魂而已，有何資本囂張？小爺現在就送你下地獄去和你的三個兄弟團聚。」張逆揮了揮手中誅魔劍，輕蔑一笑道。

暗魔王聞言大怒，大手猛地一揮，十數萬黑袍籠罩的黑影憑空出現，將這片天地圍得水洩不通。

張逆眼眸微眯，瞬間看出這些黑影的來歷，他們是暗魔王用死屍煉製而成的魔兵魔將。

這些魔兵魔將一出現，虛空中的戰鬥瞬間停了下來，蔡冰顏、玄昊、西門霸道、西門如意等人紛紛閃身來到張逆身邊，一個個都是神色凝重。而西門青松、西門璇璣等人則回到暗魔王身後。

「怎麼樣？現在你可還有信心說送我去地獄？」暗魔王嘴角勾起一抹戲謔的笑容，目光掃過西門霸道和蔡冰顏等人，最後落在了張逆身上。

「一群垃圾而已。」

張逆的話語堅定而有力，揮手將西門如意等受傷之人收入混沌塔，隨後腳踏逍遙幽冥步，揮劍衝向眾魔兵，每一次劍芒揮出都伴隨著一個魔兵的倒下。

蔡冰顏、玄昊等人也各自施展武技與魔兵魔將纏鬥在一起。

「哼！你以為這樣就能贏我了嗎？」暗魔王冷笑，「接下來就讓你看看我的真正實力吧！」

隨著暗魔王的話語落下，他周身的魔氣猛然沸騰，如同沸騰的岩漿，雙眼赤紅，盯著張逆，要將他徹底吞噬一般。

「萬魔朝宗！」

暗魔王低吼一聲，那十數萬黑袍魔兵魔將如得到某種召喚，身形暴漲，魔氣更加濃郁，化作一道道黑色的洪流，向著張逆等人席捲而來。這不僅僅是數量的優勢，更是質量上的飛躍，每一個魔兵魔將都變得異常強大。

面對鋪天蓋地而來的攻勢，張逆的神色依舊冷峻，體內混沌之氣瘋狂湧動，與誅魔劍產生共鳴，劍身之上綻放出耀眼的光芒，宛如初升的太陽，照亮了整個虛空。

「斬天三式——破天！」

張逆低喝一聲，長劍揮出，一道巨大的劍芒劃破長空，如同初升的陽光穿透雲層，照亮了黑暗的世界。

劍芒所過之處，魔兵魔將紛紛潰散，消失得無影無蹤。

暗魔王怒吼，魔氣瞬間凝聚成一隻巨大的魔爪，帶著毀天滅地的力量，向張逆猛撲而來。

張逆毫不畏懼，身形暴退，同時揮動誅魔劍，形成一道密集的劍網，將魔爪的攻勢一一化解。但即便如此，強大的力量還是讓他感到一陣心悸，他知道，自己必須全力以赴，才能戰勝這個強大的敵人。

「混沌神體，覺醒吧！」張逆在心中默念，身體開始散發出淡淡地混沌之氣，身上散發出一種難以言喻的威嚴與霸氣。

在這一刻，張逆化身為了混沌之神，每一次攻擊都蘊含著天地之威，讓暗魔王壓力大增，兩人再次陷入激烈的戰鬥之中，劍光與掌印交織成一片，將整個虛空都撕扯得支離破碎。

第四章

神靈果

虛空中，刀光劍影，掌印橫天，轟隆聲不絕於耳，不斷有人從虛空墜落，將一座座樓閣砸得崩塌。

暗魔王嘴角勾勒出一抹詭譎而幽深的笑容，四周的血色煞氣如同飢餓的野獸般，瘋狂地湧入他的體內，他的氣勢再度攀升，一道龐大的虛影在他身後緩緩浮現，那虛影之大，遮天蔽日，讓天地間的光芒都為之黯淡，空氣中瀰漫著一種令人窒息的壓迫感。

「魔尊降臨！」

暗魔王的聲音低沉而威嚴，如同從九幽深淵中傳來，每一個字都蘊含著毀滅性的力量。隨著他話語的落下，一隻遮天蔽日的魔掌憑空出現，攜帶著無盡的黑暗與邪惡，凌空壓下。這魔掌所過之處，空間被撕裂開來，爆發出震耳欲聾的炸響，所觸碰的一切都被吞噬進虛無之中。

「斬仙！」

張逆一聲輕叱，混沌破天訣極速運轉，太初仙火和雷霆本源瞬間覆蓋在誅魔劍上，隨後猛然揮出，一道衝天的劍芒劃破長空，帶著無堅不摧的鋒利，直指那遮天蔽日的魔掌。

這一刻，整個天地都靜止了下來，所有的聲音、所有的色彩都消失得無影無蹤，只剩下璀璨的劍芒與黑暗的魔掌在空中激烈交鋒。

「轟！」

一聲震天動地的巨響在天地間炸響，劍芒與掌印在瞬間碰撞在一起，爆發出耀眼的光芒與恐怖的能量波動。那遮天蔽日的魔掌在劍芒的轟擊下，被硬生生地撕裂成無數魔氣碎片，四散紛飛。

劍芒的餘威猶如風暴之後的餘震，非但沒有絲毫減弱，反而如同天際最亮的閃電，撕裂了沉悶的空氣，帶著無盡的威勢與力量，繼續疾馳向前，無視了空間與時間的限制，將暗魔王斬飛出萬丈。

「這不可能！」暗魔王強行穩住身形，一口漆黑的魔血不受控制的噴出，他的雙眼圓睜，滿是不可置信之色。

「有什麼不可能的！」

張逆冷哼一聲，並未給暗魔王任何喘息的機會，一步橫跨虛空，身形瞬間消失在原地，再出現時已是在暗魔王前方十丈外，長劍再次舉起，劍尖上凝聚著更加璀璨的劍氣，要將天地都劈開一般。

暗魔王仰天咆哮，聲音中充滿了憤怒與不甘，右手憑空出現了一柄魔氣森森的長劍，慌忙施展魔神劍訣，向著張逆猛撲過去。

「砰砰砰！」

兩道劍芒在空中激烈碰撞，每一次交鋒都伴隨著震耳欲聾的爆響和火花的四濺。那火花之中，既有劍氣的銳利，也有魔氣的陰冷，兩者交織在一起，讓整個虛空都變得異常混亂。

張逆越戰越勇，每一劍都蘊含著無盡的威力與變化，讓暗魔王難以捉摸。而暗魔王雖然強大，但在張逆的步步緊逼之下，也逐漸顯露出疲態，心中滿是驚恐與絕望。

「區區魔族殘魂，竟敢傷我兄弟，死！」

這時，一道無比威嚴的聲音自東方天際轟然響起，猶如九天神雷，蘊含著不容置疑的決絕與憤怒，彷彿天地間的一切法則都要為之讓步。

話音未落，無數道人影自東方御空而來，他們速度極快，如同流星劃破長空，為首之人，一身白衣勝雪，白髮飄飄，宛如謫仙降世，他眼神冷冽而深邃，手持一柄金色長劍，劍尖輕揮，一道凌厲至極的劍芒便如閃電般劃破虛空，直接洞穿了暗魔王的身軀，將其徹底斬落虛天。

「無敵大哥，你來了！」看到那白衣白髮的男子，張逆的臉上露出了久違的笑容。

「前些時日得到弟妹遇難的消息，做大哥的怎能不來？」無敵微微一笑，那笑容中既有對張逆的讚許也有幾分責備。

就在這時一道倩影如風般衝入張逆的懷中，緊緊抱住張逆，她正是藍心月。

「藍姐，現在還在打架呢。」張逆輕輕拍了拍她的後背，溫柔的笑道。

「我不管，就要抱。」藍心月毫不在意，反而抱得更緊了。

「四弟，還有我們呢！」正當此時，南方天空又傳來兩道爽朗的大笑聲。

隨著笑聲落下，又有無數道人影御空而來，他們速度不減，氣勢如虹。最前方的是兩男一女，分別是藍天、白雲和幽影，他們的身後還有劍如風、唐靈兒、楊沙、蒼敏、清瑤等人，他們的到來讓張逆感到無比的溫暖與安心。

然而，驚喜還未結束，西邊方向也傳來了隆隆的響聲，緊接著無數道人影自天邊湧現而出，為首的正是歐陽天、蔡志遠和古君。

「大家隨我先滅了這些魔人再敘舊！」張逆看向眾人沉聲說道。

「好！」

無敵淡淡一笑，身影瞬間消失在原地，瞬間出現在準備逃跑的暗魔王身前，大手探出，直接將暗魔王捏爆，一代絕頂強者就此隕落，或許才離開不久的蕭梅也沒想到暗魔王會如此死法。

這邊，藍天、白雲、幽影、劍如風、歐陽天、蔡冰顏等人紛紛出手，將剩下的魔兵魔將斬殺。

西門青松、西門璇璣等人眼看大勢已去，想要趁機逃跑，卻被西門昊天、西門玉祁等人毫不留情的滅殺，大戰就此落幕。

「謝謝張兄為西門家所做的一切，霸道感激不盡。」西門霸道帶著西門昊天等人來到張逆身前，紛紛彎腰行禮。

「不必客氣，都是大家共同努力的結果。」張逆擺手笑道，「若剛才幽冥女皇出手，或者是大哥他們沒有趕來，此戰也不會勝。」

「什麼？幽冥女皇來了？」聞言，眾人紛紛駭然。

「是的，她來過，只是不知道為什麼沒有出手，然後離開了。」

「大哥，你說之前出現那女子是幽冥女皇？」玄昊看向張逆，心有餘悸地問道。

「她現在的實力讓我駭然，還有她身旁的那個青年，同樣高深莫測。」張逆神色凝重的點點頭，緩緩地說道。

隨後，西門霸道帶領著西門家眾人打掃戰場，每個人都是神色黯然，這一戰，西門家損失了大量強者，讓他們無法承受。

張逆則和無敵、藍天、白雲等人在不遠處的一個平原上敘舊，有說有笑，好不熱鬧。

重逢的時光是愉快的，但也是短暫的，一天後，無敵等人離開，前往西北域破天宗，張逆、蔡冰顏等人則乘坐傳送陣前往南域禁地。

空間通道內，光怪陸離。

「三哥，你不和無敵大哥他們一同前往破天宗，而選擇和我們去南域，是不是有什麼事要辦？」張逆偏頭望向身側喔喲的白雲，一臉疑惑。

聞言，白天的目光不自覺地飄向了不遠處和蔡冰顏等人談笑風生的蔡婉清，隨後故作豪邁地拍了拍胸脯，朗聲道：「哎呀，你這小子懂什麼，哥哥我這是擔心你們這群小傢伙路上遇到什麼麻煩，特地來保駕護航的，這份心意，你可得領情啊！」

這時，唐靈兒如同一陣清風般飄然而至，輕巧地擠進張逆與白雲之間，臉上掛著狡黠的笑容，明亮的大眼睛閃爍著狡猾的光芒，故意拉長了音調說道：「喔？真的嗎？我看三哥心裡，怕是藏著什麼小心思吧？比如說，想和某位漂亮的姐姐多相處一會？」

說著，她那明亮的大眼睛直勾勾地盯著白雲，嘴角的笑意越來越不懷好意。

白雲被唐靈兒這麼一說，臉上不禁浮現出一抹尷尬地紅暈，故作生氣地瞪了唐靈兒一眼，笑罵道：「妳這小丫頭片子，整天就知道胡思亂想，也不怕以後嫁不出去！」

「哼，本姑娘天生麗質，智慧與美貌並存，哪裡會愁嫁？」唐靈兒絲毫不懼，反而挺直了胸膛，得意洋洋地說道。

隨即，她話鋒一轉，笑咪咪地對白雲說道：「不過嘛，如果某人能拿出點誠意來，比如送我點寶物什麼的，說不定我還能幫他在婉清姐姐面前美言幾句，撮合一下好事也不是不可以。」

一旁的張逆聽得目瞪口呆，看了看白雲那略顯尷尬地笑容，又轉頭望向蔡婉清，只見她雖然在與蔡冰顏幾女交談，但偶爾投來的目光中似乎也帶著幾分異樣的情緒。

「這兩人，難道真的……看對眼了？」這個想法一出，張逆不禁露出古怪之色，嘴角勾起一抹意味深長的微笑。

聽到唐靈兒的「威脅」，白雲從儲物袋中取出一個精緻玉盒，一臉肉疼的塞入唐靈兒手中：「好妹妹，這可是我在一處祕境中九死一生才得到的神靈果，對元神和修為大有裨益，請笑納！」

神靈果，一種奇異果實，其形晶瑩，光華內斂，蘊含無盡天地精華與日月靈氣。此果直接吞服，可提升修為和靈魂，還具有重塑筋骨和改善體質的神效，是可遇不可求的無上至寶。

「三哥不愧是天下第三，出手就是這樣逆天寶物，婉清姐姐的傷還未好，此物正好用得上。」唐靈兒接過玉盒，嘻嘻一笑，轉身向蔡婉清等女的方向走去。

「加油，兄弟支持你，不過她當初被傷得太深，現在一心只想修煉，想要贏得她的心，你得有心理準備，這可能會是一場漫長而艱難的持久戰。」張逆戳了戳白雲的肩膀，語重心長地說道。

「這事哥懂！」

白雲嘿嘿一笑，腦海中又浮現出第一次看到蔡婉清的那一幕。

幾天前，清瑤與蒼敏得知蔡冰顏的下落，在前往滄瀾城的途中遭遇南宮家二十名強者的伏擊，她們拚盡全力，成功擊殺了十人，但終究寡不敵眾。

就在生死存亡之際，唐靈兒、蒼龍、楊沙以及蔡婉清一行人恰好經過，立刻加入戰鬥，然而，南宮家的強者修為高深，眾人雖奮力抵抗，卻仍陷入了苦戰之中。

隱藏在暗處的劍如風等人準備出手時，藍天與白雲帶著數萬人如天降神兵而來，白雲身形如風，強勢斬殺一人救下蔡婉清。

兩人的視線不經意間交匯，蔡婉清雖然衣裙略顯凌亂，但那雙清澈的眼眸中卻閃爍著不屈與堅韌的光芒，白雲的心被深深觸動，彷彿看到了一直尋找的那份純真，也遇到了自己願意用一生去守護的人。

「好了，不說這些了，說點正事。」張逆適時地打斷了白雲的思緒，「南域的情況複雜多變，說說吧！讓我有個心理準備。」

白雲點了點頭，神色變得嚴肅起來：「南域的勢力盤根錯節，但要說最大的，自然是那高高在上的南宮皇族。這段時間，我和二哥二嫂在火焰城可是沒少折騰，南宮億那小子被我們逼得龜縮不出。」

「南宮家甚至動用了沉睡的老祖，試圖挽回顏面，但結果你也知道，他們只能是自取其辱，被我們打得抬不起頭，隨後，不服南宮家統治的強者紛紛來投靠我們，若不是得知弟妹遇難，恐怕再過一年，南宮家就被我們徹底擺平。」

說到這裡，白雲的眼中閃過一絲自豪，但很快又被謹慎所取代：「不過，可別小看南宮家，他們底蘊深厚，強者輩出，南宮星宿、南宮雲隱、南宮蒼梧，這三人的實力與我不相上下，若不是我有神器相助，勝負還真難說。」

張逆聞言，眉頭微皺，顯然對南宮家的實力有了新的認識。

「那神火宗呢？我聽聞他們是南域的第一大門派，實力如何？」

「神火宗，確實是個不容忽視的存在。」白雲沉聲道，「宗主戰龍城修為深厚，與我相差無幾，而且，門下強者如雲。到了南域，行事必須低調謹慎，否則，即便是我也不敢保證能護你們周全。」

隨著白雲的話語落下，兩人之間的氣氛驟然變得沉重起來，不約而同地陷入了沉默。

「你們在發什麼愣呢？」就在這時，唐靈兒來到兩人身旁，目光在兩人之間來回游移，一臉好奇。

「沒什麼，我們正在閒聊一些南域的事情罷了。」張逆迅速調整好情緒，嘴角勾起一抹淡笑，不著痕跡地瞥了唐靈兒一眼，「師姐，看妳這表情，莫非是婉清姐沒收那神靈果？」

唐靈兒頓時尷尬無比，將手中的玉盒遞向白雲，語氣中帶著幾分歉意：「三哥，婉清姐說她的傷勢已經穩定，神靈果太過貴重，你更需要它。」

白雲望著玉盒，眼中閃過一絲複雜的情緒，最終還是沒有伸手去接，緊抿著唇，目光低垂，努力壓抑著內心的失落。

見狀，張逆連忙上前一步，將玉盒接過，笑道：「既然你們都推辭不要，那便給我吧！神靈果可是煉製六品神火丹的主要藥材，待煉出丹藥，人人有份。」

「怎麼忘了兄弟還是高階煉丹師。」白雲勉強擠出一個笑容，將一個儲物袋遞給張逆，「這裡面是從南宮家和南域的萬寶商會搜羅來的藥材，看看有沒有用得上的？」

「三哥給的自然有用！」張逆嘿嘿一笑，接過儲物袋，隨意看了一眼便收入懷中。

「終於要到南域了！」唐靈兒看著前方不斷放大的通道出口，大眼睛中閃爍著興奮之色。

眾人的臉上都露出笑意，特別是張逆、楊沙、蒼龍、蒼敏、清瑤和玄昊，都是第一次來南域。

張逆最先踏出通道，一口氣都還未來得及喘，便覺脊背冰冷，刺骨的疼痛。

「有人偷襲！」

這個念頭在張逆的腦海中一閃而過，緊接著他便意識到出手者的修為非同小可，至少是半步破碎境六重的強者！這等實力，足以讓任人膽寒。

「小心！」白雲嘶吼，臉色隨之大變，揮手布置結界護住唐靈兒等人的同時，目光緊盯著那道正朝張逆爆射而來的火紅刀芒。

刀芒熾熱而凌厲，帶著毀滅性的力量，直取張逆的頭顱。

張逆的反應異常迅速，一步挪移，身形鬼魅般消失在原地，再次出現時已遁入蒼穹之上，巧妙地避開了那道足以致命的火紅刀芒。

然，未等他完全穩住身形，一道更為陰冷的劍芒突然從斜側裡驀然顯化，漆黑如夜，冰冷刺骨，直撲張逆而來。

這一劍，時間、方位皆被精確計算，顯然是算準了張逆的閃避路線，意圖給予他致命一擊。

面對這絕殺一劍，張逆的神色變得前所未有的凝重，逍遙幽冥步當即施展開來，瞬間橫移百丈，但還是慢了半拍，胸口處留下一道觸目驚心的血壑，鮮血汩汩而出，染紅了衣襟。

危機並未就此結束，暗中潛藏的第三人終於露出了獠牙，一支赤色殺箭如幽靈般自虛無中射出，攜著無匹的威力與速度，直指張逆的丹海。

箭矢之上蘊含著某種詭異的力量，使得它在飛行的過程中不斷扭曲著空間，發出刺耳的破空聲，令人心悸不已。

張逆見狀，身形暴退，試圖拉開與箭矢之間的距離，但那箭矢如有靈性般，緊追不捨，最終穿透了他的身軀，這一刻，張逆只覺得一股難以言喻的劇痛自胸口蔓延至全身，連靈魂都要被撕裂開來一般。

張逆登天而遁，待至定身，鮮血狂吐，三個半步破碎境六重強者的絕殺，他中了其中兩道，若非有混沌塔護佑，多半已被斬滅。

一切來得毫無徵兆，饒是他也被打的措手不及。

「師兄！」楊沙雙目血紅，滿眼擔憂，蒼敏、藍心月、水嫣然、唐靈兒、清瑤、玄黃、蔡婉清兄妹、蒼龍和歐陽超亦是如此。

「死不了。」張逆踉蹌一下，咬牙穩住身形，摀著湧血的胸口，一雙璨璨金眸炯炯有神，冷冷盯著虛天三方。

「三道絕殺都未能滅你，著實小看你了。」東方蒼穹之上，一金袍老者緩緩顯化而出，他露著森白的牙齒，笑容中滿是戲謔，那火紅刀芒正是出自他手，此刻依舊在虛空中殘留著一絲餘溫，足見那一擊的恐怖威力。

「南宮破雲！」白雲瞬間認出來人，冷喝出聲。

「今日注定大豐收了！」西方蒼天上，一個銀袍老者也隨之顯化而出，一雙老眸如蛇蠍般陰冷，泛著森森之光，被他盯著的人只覺渾身冒冷氣，他手持長劍，劍尖之上寒光閃爍。

「南宮玄靈！」白雲雙拳攥的喀吧直響，也認得此人。

「誅魔神尊，果真不凡！」北方虛無，亦有陰笑聲，第三人顯化真身，乃一白袍老者，身形時而虛幻時而凝實，一箭射穿張逆的便是他了。

「誅魔神尊，果真不凡！」北方虛無之中又傳來一道陰笑聲。隨著聲音的落下，一白袍老者也顯化出了真身，他身形時而虛幻時而凝實，難以捉摸，正是這位老者，一箭險些將張逆秒殺。

「南宮蒼瀾！」白雲臉色更是冰冷，眸中寒芒四射。

「莫躲了，都滾出來吧！」張逆淡淡一聲，望向了南方天宵。

話音剛落，只見南方天宵之上虛空扭曲，七個黑袍老者從虛無中走出，一個個都是殺意凌然，周身環繞著濃重的血腥氣息，顯然都是身經百戰的強者。

「南宮家還真有出息，十個前輩圍殺我一個後輩，若南宮夜還在世，會不會當場氣死。」張逆嘴角勾起一抹冷笑，不屑地看著十人。

「我們來此是為了殺白雲，而你，只是意外。」南宮破雲悠悠一笑，毫不在意張逆的嘲諷。

「就憑你們這些垃圾也想殺我三哥，真是笑話。」

張逆大笑，笑聲難掩諷刺。

地面的白雲周身殺機瀰漫，冷冷地注視著南宮破雲等人，嘴角勾起一抹冷冽的笑意：「你們這十個手下敗將，當日在火焰城被我打得龜縮不出，今天是什麼讓你們有勇氣出現在我面前。」

「你的修為雖然高深莫測，但和蒼梧老祖不相上下，我們十人再加上他，殺你足夠，只是沒想到會出現張逆這個變數，不過結局都是一樣。」

隨著南宮破雲的話語落下，虛空又有一個身形消瘦的白髮老者顯化出來，每走一步都踩得虛空轟隆作響，渾身上下散發著一種令人心悸的壓迫感，他便是南宮蒼梧。

「那就看誰殺了誰？」白雲眼神微凝，瞥了南宮蒼梧一眼，隨即冷笑出聲。

「來之前我們還有所懷疑，你畢竟是天下第三的強者，但現在嘛……」

南宮破雲的聲音故意拉長，目光在藍心月等人身上掃過，那眼神不言而喻，分明是在說：你雖然實力強橫，但她們卻是你最大的弱點。

的確，白雲就算不敵，他若想走，沒人能攔住，就算是實力和他旗鼓相當的南宮蒼梧也不行，但現在卻要護著藍心月等人的安危，絕不會獨自離開，只能死戰，在南宮破雲等人看來，白雲必死無疑。

「可能要讓你們失望了！」

張逆看出南宮破雲等人的打算，一步踏下虛空，來到白雲身旁，揮手之間，混沌塔光芒大盛，藍心月等人被收入塔中，消失得無影無蹤。

這一幕讓南宮蒼梧等人驚愕不已，他們怎麼也想不到張逆竟然擁有如此神奇的寶物。

「真想不到你居然有傳說中能裝活人的寶物？」南宮蒼梧的老眸中閃過一絲震驚，聲音中充滿了難以置信。

「老東西，你想不到的事還很多。」張逆嗤笑道，「就比如此時此地，你們布置陣法將這方天地隔絕，就是怕無敵大哥知道是你們襲殺三哥。但這也正好給我們反殺的機會。」

「四弟說得不錯！」白雲哈哈大笑，一步踏上虛空，身形如同蛟龍出海，一拳轟向南宮蒼梧。

「傷勢怎麼樣？還能戰嗎？」蔡冰顏看向張逆，眼中滿是擔憂。

第五章

神玄鏡

張逆微微一笑，誅魔劍瞬間出現在手中，一步踏出，身形瞬間化作一道璀璨的流星，劃破長空，直奔南宮破天而去。那速度之快，連空氣都被撕裂，留下一道道肉眼可見的裂痕，即便是南宮破雲，也不禁臉色微變。

南宮破雲亦非等閒之輩，快速穩定心神，一刀劈出，只見一條火龍咆哮而出，帶著熾熱的火焰與毀滅的氣息，直撲張逆而來。

張逆早有預料，身形在空中靈活扭轉，輕鬆避開火龍的攻擊，同時誅魔劍化作一道烏光，直奔南宮破雲的丹海。

兩人之間的戰鬥瞬間進入了白熱化階段，每一次交鋒都迸發出耀眼的光芒和震耳欲聾的轟鳴。

蔡冰顏也沒有絲毫猶豫，祭出七彩逆顏劍，劍身之上閃耀著七彩光芒，如同彩虹般絢爛奪目，揮劍衝向南宮蒼瀾，劍光之中蘊含著無盡的殺意，之前，就是這傢伙差點殺了張逆，她必須殺了他。

南宮蒼瀾臉色微變，身形瞬間變得模糊不清，融入虛空之中，同時一箭射出，速度之快，幾乎超越了肉眼所能捕捉的極限。

蔡冰顏一步橫移，劍光一閃，輕易地將箭矢斬斷，緊接著，她周身劍意瀰漫，形成了一個龐大的劍域。在這個劍域之內，她就是絕對的主宰，任何細微的波動都逃不過她的感知。

南宮蒼瀾的身影在劍域中無所遁形，試圖逃脫，但卻發現自己的速度變得異常遲鈍，被一股無形的力量所束縛。

蔡冰顏瞬身出現在南宮蒼瀾身後，七彩劍芒閃電般斬出，南宮蒼瀾感應到身後的殺機，卻已無力回天，只能眼睜睜地看著七彩劍芒穿透了他的身體，將他徹底斬殺，至死那一刻，他都不明白為什麼自己會如此輕易地敗在一個女子之手。

這一幕，看得南宮玄靈八人心驚膽戰，讓他們意識到，眼前的這位女子，絕非等閒之輩。

「妳就是殺了劍帝獨孤然的蔡冰顏？」南宮玄靈的聲音中帶著一絲顫抖，試圖透過言語來確認對方的身分，但更多的是在尋找一絲逃脫的契機。

「南宮家的情報網還真是遍布破天界，這麼快就知道了！」蔡冰顏冷笑，身形一閃，橫跨千丈，揮劍殺向南宮玄靈。

南宮玄靈駭然，轉身便逃，深怕被那恐怖的劍域所籠罩，步了南宮蒼瀾的後塵，其餘七人也是四散而逃，不敢有絲毫停留。

蔡冰顏駐足而立，周身環繞的劍影逐漸消散，劍域的威力雖強，但消耗也極為巨大，對靈魂力和靈力的要求極高。

她迅速從儲物戒中取出一枚六品丹藥服下，以恢復自身的消耗。

隨後，她身形再次一閃，揮劍殺向正與張逆激戰的南宮破雲。

張逆與南宮破雲的戰鬥同樣激烈異常，兩人你來我往，劍光與刀芒交織在一起，將周圍的虛空都撕扯得支離破碎。

蔡冰顏加入，形勢逆轉，兩人心意相通，配合默契，互為主攻，打得南宮破雲手忙腳亂，不過十招，便將其斬滅於劍下，連元神都未能逃脫。

「俺倆不愧是夫妻，就是有默契。」

張逆嘿嘿一笑，言語間甚是得意與自豪。

「貧嘴！」

蔡冰顏翻了翻白眼，但俏臉上的紅暈顯而易見，身形一閃，再次殺向破開陣法逃走的南宮玄靈八人，張逆手持誅魔劍緊隨其後。

眼見張逆和蔡冰顏殺來，南宮玄靈八人根本不敢應戰，只能瘋狂逃遁。他們的身影在虛空中劃過一道道狼狽的軌跡，卻始終無法擺脫兩人的追殺。

另一邊，白雲與南宮蒼梧戰得崩天裂地，每一次出手都有著毀天滅地之力，虛空中不斷傳來震耳欲聾的轟鳴與爆裂聲。他們的身影在虛空中極速穿梭、碰撞，每一次的交鋒都讓周圍的虛空為之震顫。

在一次激烈的碰撞之後，兩人同時後退千丈之遠，各自喘息，凝視著對方。

「老傢伙，你就帶著這種廢物來殺我？」

「這是看不起我，還是太看得起你自己？」白雲的目光掃過正被張逆和蔡冰顏追得滿天亂竄的南宮玄靈八人，嘴角勾起一抹玩味笑容，唏噓道。

南宮蒼梧側眸看去，差點氣得一口老血噴出，怎麼也想不到，自己精心布置的刺殺行動會落得如此結局，被他視為得力助手的南宮玄靈八人，此刻卻被兩個小輩追得如同喪家之犬般四處逃竄，這讓他感到無比的憤怒與恥辱。

白雲身形瞬間暴起，一步橫跨千丈，宛如天神降臨，一掌轟向南宮蒼梧。南宮蒼梧雖驚不亂，但終究還是慢了半拍，來不及做出有效的防禦，當場被掌力擊中，一口鮮血噴湧而出，身體墜落虛空，最終狠狠地砸在一座山峰之上，將整座山峰都砸塌了一半。

白雲得勢不饒人，瞬身跟上，掌印再次凝聚，帶著毀天滅地的威勢壓向南宮蒼梧。

南宮蒼梧怒吼，從碎石堆中衝天而起，全身靈力沸騰，一拳轟向那即將落下的掌印。然而，這一拳雖然凶猛，卻仍未能完全抵擋，掌印碎裂的同時，餘威也將他震得氣血翻湧，臉色更加蒼白。

兩人再次戰成一團，但這一次的戰況已經明顯不同，南宮蒼梧的攻勢雖然依舊凌厲，但顯得力不從心，而白雲卻彷彿越戰越勇，攻勢越來越猛烈。

另一邊，南宮玄靈八人的速度還真是夠快，饒是張逆和蔡冰顏將逍遙幽冥步施展到極致，都未能追上，張逆也是發了狠，當即施展影分身祕術，氣血磅礴的他當即凝聚出八個分身，一個分身追一人，而他和蔡冰顏則停下來調息。

混沌塔第三層，慕容曉曉正在勤奮的修煉，周身環繞著絲絲縷縷的純淨靈氣，自從張逆將她引領至此，她便被這裡濃郁的靈氣和圓滿的法則所吸引，日夜不輟地修煉，修為如破竹之勢，迅猛提升，靈淵也會在無聊之時，對她進行一番指點，讓她受益良多。

慕容曉曉剛結束修練，便看到藍心月等人到來，一個個的臉色都異常凝重，快速走到玄昊身旁，小聲問道：「怎麼了？」

玄昊的小手緊緊捏在一起，抬頭望嚮慕容曉曉，語氣中帶著一絲顫抖：「遇到強敵，大哥怕我們有危險，才將我們送了進來。」

慕容曉曉聞言，心中雖有擔憂，面上仍保持著微笑：「你大哥修為高深莫測，一定會沒事的。」

「這次不一樣，連那個白雲也沒有把握。」玄昊搖了搖頭。

慕容曉曉的臉色瞬間變得凝重起來，白雲，那可是天下間數一數二的強者，連他都沒有把握應對的敵人，那該是何等的可怕？

藍心月走到靈淵身前，恭敬地行了一禮：「前輩，您可有辦法能看到外面的情況？我擔心相公。」

蒼敏、水嫣然等人也紛紛投來焦急的目光，他們同樣渴望知道外面的情況，尤其是張逆與蔡冰顏的安危。

靈淵被這麼多美女注視，不禁有些得意，他整了整衣領，甩了甩頭髮，隨後輕輕一揮小手，一道光芒閃過，一面光幕憑空出現在眾人眼前，上面映出了外界的景象。

眾人急忙湊上前去，只見張逆與蔡冰顏無礙，這才放下心來，臉上都露出了寬慰的笑容。

「真難受，修煉這麼久都還不能為師兄分擔壓力！」楊沙率先打破寧靜，話語中帶著自責，「我要留在這裡修煉，直到南域禁地開啟再出去，我要變得更強，能夠站在師兄身邊，與他並肩作戰。」

唐靈兒也收起了往日的頑皮與嬉笑：「我也是，作為師姐，不能擋在師弟面前，真是有愧！」

藍心月、蒼敏、水嫣然等人也紛紛點頭，雖然她們的修為在同齡人中都屬於頂尖，但遇到的強者越來越強，壓力大增。

靈淵揮手收回水幕，目光在眾人身上緩緩掃過，露出了滿意地微笑，隨後緩緩說道：「你們的心境很不錯，要知道，這世間從來就不缺天才，但能夠真正成長起來的卻少之又少。」

「天才之所以成為天才，並非因為他們天生就比別人優秀多少，而是因為他們擁有更加堅定的信念、更加執著的追求以及更加堅韌不拔的意志。看到你們能夠如此清晰地認識到自己的不足，並願意為之付出努力，我感到很欣慰。」

說到這裡，靈淵的語氣變得莊重起來：「看你們還算順眼，我就勉為其難地指點你們一下吧。不過我要提醒你們，修煉之路漫長且艱辛，需要持之以恆、堅持不懈。只有真正付出努力與汗水的人，才能在這條路上走得更遠、更穩。」

外界，張逆的八個分身如同幽靈般穿梭，緊緊追逐著南宮玄靈八人，速度之快，幾乎超越了肉眼所能捕捉的極限。

南宮玄靈八人驚恐萬分，雖然他們深知自己有能力在一瞬間摧毀任何一個分身，但那種未知的恐懼和蔡冰顏那如影隨形的威脅，讓他們根本不敢有絲毫的停留，只能拚命奔跑。

一個時辰的極限追逐後，張逆的八個分身終於因靈力耗盡而逐一消散，化作點點光芒融入虛空。

南宮玄靈八人早已累得氣喘吁吁，臉色蒼白如紙，但絲毫不敢停下腳步，只能繼續在這片天地間盲目逃竄，只是速度已大不如前，顯得力不從心。

張逆與蔡冰顏此時兩人精氣神飽滿，相視一眼，無需多言，逍遙幽冥步瞬間被施展到了極致，身形化作兩道殘影，瞬間攔住了南宮玄靈八人中的一人。

蔡冰顏手中長劍輕揮，劍域瞬間展開，將那人籠罩其中，劍域內的空間被壓縮，那人的實力瞬間大減，眼中閃過一絲絕望，欲自爆以求同歸於盡，身體剛有所異動，便見七彩劍芒閃電般劃破長空，那人的身軀當場四分五裂，血花飛濺。

這一幕，讓剩下的七人徹底陷入了絕望，南宮玄靈帶著兩人瘋狂地衝向陣法的陣眼，企圖破壞陣法以求一線生機。而另外四人，則兩兩一組，分別向蔡冰顏和張逆發起了絕望的反擊。

衝向蔡冰顏的兩人，剛踏入她的劍域範圍，便感到實力被嚴重削弱，根本無法發揮出應有的實力，只見蔡冰顏長劍輕舞，兩道劍光閃過，兩人身毀神滅。

但這一戰，也讓蔡冰顏消耗巨大，俏臉之上浮現出一抹不自然的蒼白，周圍的劍影逐漸消散，連忙從儲物戒中取出一枚六品丹藥，迅速吞服以恢復體力。

另一邊，衝向張逆的兩人則是滿臉猙獰，他們知道這是最後的機會，於是毫無保留地施展出了火焰刀法的終極一式——天火滅世。只見兩人手中的長刀揮動，鋪天蓋地的火海與刀芒交織在一起，如同末日降臨般席捲而來。

張逆神色淡然，瞬間開啟了混沌神體，周身環繞著淡淡地混沌之氣，與天地融為一體。緊接著，他手中的長劍一揮，寒冰劍法的第六式——寒冰破碎施展開來，只見一股寒流自劍尖湧出，瞬間與那片火海相遇，兩者相互碰撞，竟是將那漫天的火焰一一熄滅。而那兩人的身體，也在寒流中被凍結，成為兩座冰雕。

張逆的左拳如同怒龍出海，帶著毀天滅地的力量，轟然擊出，拳風呼嘯間，空間都被撕裂，兩人的身體在拳風之下毫無抵抗之力，瞬間被轟得粉碎，化作了無數細小的冰屑，隨後緩緩消散於風中。

南宮蒼梧此刻已是血染戰袍，狼狽不堪，眼見大勢已去，瞬間燃燒自身精血，一股狂暴的力量自他體內爆發而出，一掌轟出，硬生生地將白雲逼退數步。

趁著這個空隙，身形一閃，如同鬼魅般出現在陣法的核心——陣眼之處，用盡全身力氣，一拳轟出，伴隨著震耳欲聾的轟鳴聲，陣法轟然消散，南宮蒼梧趁勢撕裂空間，身形化作流光，消失不見。

南宮玄靈三人見陣法已破，頓時喜笑顏開，快速撕裂空間逃離。

「到了他們這等境界，若一心逃走，確實難以阻攔。」白雲望著南宮蒼梧等人逃離的方向，輕輕嘆息了一聲。

隨後，白雲身形一閃，出現在張逆和蔡冰顏身旁。

「真想不到弟妹的實力這般強悍，尤其是那詭異的劍影區域，居然有限制人的行動和實力的能力，真是匪夷所思。」白雲由衷地讚嘆道。

「你也不看看是誰的夫人，當然厲害了。」張逆嘿嘿一笑，得意之情溢於言表。

蔡冰顏則是微微一笑，謙遜地道：「我也是不久前在靈淵前輩的指點下，才得以突破劍意天地圓滿，達到劍域之境。這其中的無窮奧妙，還需繼續領悟。」

白雲眼中閃過一抹異色，看向蔡冰顏的目光更加深邃：「原來劍意天地圓滿之後是劍域之境。我之前也感覺劍意天地並非終點，但一直苦於無法突破，想不到今日竟能親眼見證這一境界的奧妙，待會我定要向靈淵前輩請教一番，看看能否也悟出劍域之境的奧祕。」

「現在就去吧！以你的天賦，必定能悟出劍域之境！」張逆笑了笑，揮手將白雲收入混沌塔。

「她們都要在塔中修練，我們也離開這裡吧！」

張逆看了一眼這片破碎的天地，隨即拉起蔡冰顏的手，身形一展，如兩道流光劃破天際，向著遠方疾馳而去。

一個時辰後，兩人出現在千里之外的一個小鎮，小鎮不大，但來往的修士甚多，想必不少人都是準備去南域禁地尋找機緣，兩人都帶上面具，隨著人流進入城中。

街道上熙熙攘攘，人聲鼎沸，各種叫賣聲、談笑聲交織，張逆與蔡冰顏穿梭於人群之中，時而駐足攤位前，用神識掃過那些商品，尋找著是否有自己需要的東西，偶爾還能聽到一些關於南域禁地的最新消息和傳聞。

儘管兩人都保持著低調，但憑藉著出眾的氣質和不凡的修為，還是吸引了不少人的注意。不過，得益於面具的掩護，並未被打擾。

酒樓雅間內幽靜而雅致，窗外偶爾傳來吆喝之聲，張逆和蔡冰顏相對而坐，桌上擺滿了珍饈美味。

張逆擦掉嘴角殘留的油漬，動作中帶著幾分不羈與隨性，隨後從腰間掛著的儲物袋中取出一面巴掌大小的古鏡，那鏡子邊緣鑲嵌著幾枚細小的寶石閃爍著神祕的光芒。

「這東西也不知道有沒有靈淵那小東西說的那麼奇怪。」張逆的眼神中帶著幾分玩味與期待，邊說邊將鏡子放在桌上，指尖輕輕摩挲過鏡面，「若是沒用，我定饒不了他，幾乎浪費了我所有的珍惜材料。」

對面的蔡冰顏，端起桌上的一杯美酒，指尖輕觸杯沿，目光溫柔如水，輕輕抿了一口，嘴角勾起一抹淡雅的微笑：「算算時間，無敵大哥他們此時也到了雲渺城，試試就知道了。」

張逆點點頭，將靈力緩緩注入那面小鏡之中，奇蹟般的一幕發生了，小鏡光芒大盛，瞬間膨脹至一丈大小，鏡中畫面漸漸清晰，顯現出了遠在雲渺城的無敵、藍天、劍如風、歐陽天等人的身影。他們或站或坐，談笑風生，氣氛熱烈而歡快。

「兄弟，這神玄鏡真如你說的那般神奇，真能看到身影！」無敵的聲音透過鏡子傳來，爽朗而洪亮，臉上洋溢著興奮的笑容。

「靈淵那小東西做的，我也沒想到這麼神奇。」張逆輕笑，眼中閃爍著讚許之色，但隨即又故作嚴肅地補充道，「大哥，別再誇那小東西了，不然，他屁股都要翹到天上去了。」

此時，鏡中的蔡志遠關切地問道：「婉清和浩然呢？」

蔡冰顏溫柔一笑道：「二叔放心，他們在修煉，一切安好。」

蔡志遠點了點頭，眉宇間難掩憂慮之色：「冰顏，你們要多加小心，南域強者眾多，加上路途遙遠，我們也來不及救援。」

「二叔請放心，有姪女婿在，她們必安然無恙！」張逆信誓旦旦地說道。

隨後，鏡中畫面一轉，古雲與丹鼎真人的影像出現，兩人恭敬地向張逆行禮，說道：「師傅！」

頓時，張逆訕訕一笑，撓了撓頭，有些手足無措，雖然他收了兩人為徒，但因事務繁忙，實則並未給予他們太多教導，心中難免生出幾分愧疚。

「你們好好修煉，若有什麼不懂的，可問無敵大哥。」張逆儘量讓自己的聲音聽起來更加自然。

再之後，紅娟與紅嬋的身影也出現在鏡中，紅嬋已非昔日那個稚嫩的孩童，身高增長了許多，眉眼間更添幾分少女的秀麗與靈動。姐妹倆見到鏡中的景象，未見到清瑤的身影，眼中流露出淡淡地失落。

紅娟率先開口，聲音中帶著幾分溫柔與期盼，說道：「張公子，待我們向師傅問好。」

「我會的，待她修煉出關，定會讓你們好好聊聊。」張逆微笑著點頭，似又想起當日在玄心城見到這兩姐妹的情景。

三個時辰轉瞬即逝，張逆緩緩收起神玄鏡，臉上滿是感慨：「想不到我從雲渺城出來也是半年，時間過得真快啊！」

蔡冰顏亦是如此，輕輕撫摸著桌沿，目光深邃，回憶著每一個熟悉的面孔與那些溫馨的瞬間，「是啊，這三個時辰見到太多熟悉的面孔，感覺就像是回到了過去。」

「走吧！我們去傳送陣，盡快趕到白沙城，希望在那裡能買到夢魘花和赤龍果，煉製神火丹。」張逆站起身伸了個懶腰，打破沉靜。

蔡冰顏也站了起來，輕輕整理了一下衣裙，隨意地問道：「那可是六品巔峰的丹藥，你現在有把握嗎？」

「為了三哥能追上婉清妹妹，那必須能啊！」張逆嘿嘿一笑，臉上洋溢著自信與頑皮，邊說邊拉開雅間的大門。

「婉清可比你大很多，你也好意思叫她妹妹？」蔡冰顏跟在張逆身後，俏臉微紅，白了張逆一眼，那眼神中既有嗔怪也有無奈。

「她是我夫人的妹妹，那也就比我小。」張逆回頭，賤兮兮地一笑，帶著幾分得意與狡黠，好像在說一個天經地義的真理。

蔡冰顏頓時有些無語，但隨即又認真地說道：「說實話，我很不看好白三哥，婉清妹妹應該不會喜歡他。」

「事在人為吧！」張逆不以為然地擺了擺手，「也許他們相處久一些，婉清會改變看法。」

兩人說笑著走下樓梯，來到酒樓的大廳。然而，剛踏入大廳，便被兩個中年男子攔住，其中一人目光灼灼地盯著蔡冰顏，要將她看穿一般。

「看姑娘氣質出塵，不知能否交個朋友？在下帝絕。」中年男子的語氣中帶著幾分輕佻與傲慢。

蔡冰顏瞥了帝絕一眼，臉色瞬間轉冷，如同冬日裡的寒冰一般：「不認識，請讓開，別擋路。」

帝絕身旁的男子見狀，臉色頓時陰沉下來，冷冷地說道：「帝兄想和妳交朋友，那是看得起妳，可別不識好歹。」

張逆一步踏前，將蔡冰顏護在身後，目光冰冷地看向那中年男子，不屑地冷笑道：「你又是哪家的狗，敢和我夫人這般說話？」

那中年男子頓時殺機畢露，雙眼圓睜，要噴出火來一般，他從出生到現在還從未被人如此羞辱，當面被罵作是狗，這讓他感到無比的憤怒與恥辱。

「久不露面，這破天界忘了天昊家的存在！今天，我天昊軍便殺了你，再將你所屬勢力和與你有關之人抹殺，以此來告訴世人，我天昊家回來了！」天昊軍的聲音冰冷而決絕，充滿了血腥與暴力。

帝絕也冷冷一笑，語氣中帶著幾分陰冷與得意：「天昊兄有此雅興，帝絕自不會落下，帝家人的邀請也不是誰都能拒絕的。」

廳中氣氛瞬間降至冰點，眾食客紛紛後退，生怕殃及池魚。酒樓老闆和店小二更是嚇得躲在角落不敢出來，特別是酒樓老闆更是冷汗直冒，臉色煞白。

他顯然知道帝絕和天昊軍的來頭，認出張逆和蔡冰顏後更是渾身顫抖不已，兩人在西域鬧出的動靜之大足以讓整個破天界為之震動，他也有所耳聞。

「沒聽說過，你們是哪裡的縮頭烏龜，想欺壓我來找存在感，真是找錯了對象。」張逆一臉不屑地看著帝絕和天昊軍，那眼神像是在看兩個不自量力的跳梁小丑。

第六章

白沙城

「無知小兒，可聽說過帝非天和天昊然？」面對張逆的辱罵，帝絕並未動怒，反而雙手抱胸，像看白痴一樣地看著張逆。

帝非天和天昊然，他們的名字在兩千年前的破天界可以說是家喻戶曉，是當年數一數二的人物，帝非天以純陽功獨步天下，而天昊然以天殘劍訣威震八方，無人能敵。

此言一出，整個酒樓大廳靜得連一根針掉在地上都能聽得見，隨後，驚呼聲如潮水般湧起，眾人的目光齊刷刷地投向帝絕和天昊軍。

「帝非天和天昊然？那可是破天界的傳奇人物啊！」一位老者撫著鬍鬚，眼中閃爍著追憶的光芒，「他們的修為深不可測，即便是放在今天，恐怕也能與天下前三的無敵、藍天、白雲一較高下。沒想到，他們的後人會出現在這裡！」

「純陽功與天殘劍訣，那可是讓人聞風喪膽的絕技！」一個年輕修士眼中閃爍著激動與嚮往，「我聽說，純陽功修煉至極致，可引天地純陽之氣入體，威力無窮；而天殘劍訣更是以劍意破萬法，一劍出，天地色變！」

「可惜啊，他們竟然在一千年前帶著家族歸隱了。」一位中年婦人嘆了口氣，臉上滿是遺憾，「不然的話，破天界的歷史怕是要被重新書寫了。」

廳內的議論聲此起彼伏，聽得帝絕與天昊軍兩人甚是滿意。

「現在知道怕了嗎？只要你將我倆伺候舒服，說不定還能饒你一命。」看到蔡冰顏那略微震驚的神色，帝絕甚是得意，目光在蔡冰顏身上肆無忌憚的上下打量著。

「若帝非天和天昊然的後輩都如你們這般，我勸他們還是約束族人龜縮的好，不然會被滅族。」張逆冷哼，掌中靈力湧動，一巴掌就呼了過去，敢打他女人的注意，管你是誰，照打不誤。

帝絕沒想到張逆在知道他的身分後還敢對他動手，臉上當場就挨了一巴掌，身體飛出十幾丈，將桌椅砸得粉碎，還算俊朗的臉都被打歪了，牙齒也落了好幾顆。

靜，廳內頓時靜得出奇，眾人都是驚恐地看著張逆，敢打帝非天的後輩，真是膽大包天。

「啊！」

殺豬般的叫聲傳出，帝絕爬起身，周身靈力湧動，一拳便向張逆砸來，威勢相當駭人。被張逆在大庭廣眾之下打了一巴掌，雖然傷勢不重，但卻相當丟人，誓要殺了張逆來洗刷恥辱。

北昊軍也動了，長劍帶著摧枯拉朽之勢直刺張逆丹海，他和帝絕是一道來的，打了帝絕的臉，就等於是打他的臉。

張逆嘴角勾起了一抹輕蔑的冷笑，手指輕輕一彈，看似不經意的動作，卻蘊含著驚人的力量，劍芒在觸及他的指尖時瞬間崩潰，化作無數光點消散於空氣之中。

緊接著，張逆身形微動，一拳轟出，拳風呼嘯，帶著排山倒海之勢，瞬間將帝絕的拳芒轟得支離破碎，帝絕的身體向後倒飛，撞破酒樓的牆壁，然後飛出小鎮。

「為何找我們的麻煩？」張逆目光如刀，冷冷看向天昊軍，聲音低沉，每一個字都像是從牙縫中擠出，帶著不容置疑的威嚴。他不相信，以自己在西域所掀起的滔天巨浪，帝家和天昊家這樣的隱世大族會一無所知。

天昊軍打了個冷顫，不自覺的後退兩步：「我們是想試探一下你是否如傳聞中那般厲害？」

「原來如此！」張逆冷笑，大手猛然探出，如同鐵鉗般牢牢捏住了天昊軍的脖子，「你們想試探我沒問題，可是出言侮辱我夫人，那就要付出代價！」

說著，他猛地一提，將天昊軍整個人提了起來，隨後以雷霆萬鈞之勢重重砸落在地。

天昊軍慘叫，一口鮮血噴出一丈多高，然後暈死過去。

張逆冷冷瞥了一眼大廳中還在發呆的眾人，拉著蔡冰顏轉身向門外走去。

「傷吾少主，找死！」兩人還未走出幾步，便有一道冰冷至極的聲音傳來，帶著不容抗拒的威嚴與殺意。

隨著聲音的落下，空氣驟然轉冷，一道凌厲的拳芒夾雜著鋒銳的劍意，如同怒龍出海，迅猛無匹地朝張逆襲來。

張逆眼眸微瞇，右手迅速握掌成拳，拳頭上光芒閃動，一拳強勢轟出。

「轟！」

兩拳瞬間碰撞，發出震耳欲聾的轟鳴，無形勁氣如同狂風巨浪般肆虐開來，酒樓瞬間坍塌，木梁斷裂，瓦片紛飛，酒樓內那些修為較弱之人紛紛吐血，臉色蒼白，身形不受控制的飛出小鎮，而那些修為稍強者也紛紛運起全身功力，身形爆退，飛出數百丈之遠。

待煙塵散去，張逆與蔡冰顏在廢墟中並肩而立，一塵不染，而在他們不遠處，一位消瘦的老者抱著昏迷不醒的天昊軍，老者面容陰沉似水，眸中閃爍著複雜的情緒，既有對張逆實力的忌憚，也有對天昊軍受傷的憤怒。

「小子，出手如此之重，可有想過後果？」老者的聲音低沉而冰冷，帶著濃濃的威脅。

「沒殺他也是我心懷仁慈，你若再不讓開，那他真的會死！」

張逆嘴角勾起一抹冷笑，眼神中滿是不屑，剛才的一拳，他隱隱感覺到老者的修為在半步破碎境六重，這點實力他還不懼。

「不愧是誅魔神尊，和傳言一般囂張，你以為在西域殺了西門中天就可以傲視天下人了嗎？真是笑話！傷了我家少主，你最好自裁謝罪，否則就算無敵、藍天和白雲三人也保不住你的宗門。」

「老傢伙你是沒睡醒吧！我敢打你家少主，就沒將什麼天昊然放在眼裡。」

張逆無語的翻了到白眼，居然想用天昊然之名讓他自裁，怎麼想得那麼美呢？

隨著張逆的話語落下，周圍的眾人都倒吸一口涼氣，顯然被張逆囂張的話震得不輕。

「這⋯這小子真是初生牛犢不怕虎啊，連天昊然前輩都不放在眼裡！」一位中年修士低聲驚嘆。

「哼，年輕人狂妄自大，總有一天會自食其果。」一位老者搖了搖頭，眉頭緊鎖，顯然對張逆的態度極為不滿。

「不過話說回來，張逆這段時間確實風頭無兩，據說他在西域連斬數位高手，實力不容小覷。」

「但天昊然前輩可是兩千年前就名震天下的強者，他的威名豈是隨便什麼人都能挑釁的？」另一名修士反駁道，言語中透露出對天昊然的深深敬畏。

議論聲中，消瘦老者的臉色鐵青，雙手緊握成拳，眼中有著火焰在燃燒，卻又不得不極力克制著自己的憤怒。他深知自己並非張逆的對手，更何況張逆身旁還有一個實力不弱的蔡冰顏，兩人聯手，他更無勝算。

「原來天昊家的威名是吹出來的，怪不得天昊然當初會歸隱。」

見老者這神態，張逆便知道他不敢動手，但對天殘劍訣又有些好奇，於是出言嘲諷。

聞言，老者渾身一震，怒不可遏，熊熊怒火在胸膛中燃燒，翻手從儲物袋中拿出一枚瞬華丹，毫不猶豫地吞入口中。

丹藥入體，磅礡的力量瞬間湧入老者的四肢百骸，老者的修為如同潮水般暴漲，直至半步破碎境的七重天。

「辱天昊家者，死！」老者猙獰咆哮，聲音中夾雜滔天殺意，身形暴起，一掌轟出，掌風呼嘯，帶著毀滅性的力量，直逼張逆與蔡冰顏二人，掌風所過之處，空間被撕裂，釋放出令人心悸的威壓。

張逆與蔡冰顏腳踏逍遙幽冥步避開掌印，隨後施展身法向小鎮外掠去，沒辦法，若在此交戰，小鎮將會被戰鬥餘波摧毀。

老者眼中閃過狠厲之色，並未立即追擊，而是一指點在天昊軍的眉心，將其從昏迷中喚醒。

隨後他身形一展，一步踏天，化作一道黑影，緊追張逆二人而去。

看熱鬧之人紛紛施展身法，緊隨其後，這樣的強者之戰，對於他們來說，無疑是難得一見的盛事。

一片群山上空，金鐵交鳴聲頓起，張逆手持誅魔劍，周身法則之力環繞，還有道蘊演化，如戰神降世，每一劍揮出都是驚天動地，老者的劍法同樣詭異莫測，手持漆黑道器長劍，劍意凌厲，每一擊都毀天滅地。

兩人在空中激烈交鋒，劍光璀璨奪目，將周圍空間切割得支離破碎，留下道道觸目驚心的裂痕，地面群山崩塌，巨石翻滾。

蔡冰顏矗立於一方虛空關注著戰局，手中逆顏劍光芒閃耀，如同彩虹般絢爛，若張逆有危險，她會毫不猶豫出手，畢竟張逆和老者在修為上有著七個小境界的差距，儘管她對張逆的實力足夠自信，也不免有些擔心。

四方圍觀修士紛紛後退，生怕被肆虐的劍氣所傷，目光緊緊跟隨著那兩道交錯的身影，議論聲此起彼伏。

「張逆真是妖孽！傳言果然非虛，如此年紀便能與老輩強者平分秋色，實在讓人難以置信！」一位年長的修士撫須感嘆。

「這等天賦實力，將來必定能力壓一代人。」另一位年輕修士眼中滿是崇拜之色。

「不過話說回來，張逆不僅修為高強，而且長得還這麼帥，真是讓人羨慕不已啊！不知道這樣的天驕之子，是否已經有了心儀的女子呢？」一名女修輕笑道，臉上也泛起了紅暈。

「天殘劍法真是浪得虛名，居然被張逆的劍法壓制，怪不得當年天昊然會選擇歸隱。」

「你懂什麼？天殘劍訣的威力豈是你等凡夫俗子所能揣度？之所以被壓制，完全是因為張逆太過妖孽，若換做旁人，恐怕早已敗下陣來。天殘劍法與西域西門家的天陰劍法、東域東方家的龍吟劍法、北域北辰家的寒冰劍法不相伯仲，豈是那麼容易被小覷的？」

眾說紛紜之際，張逆對天殘劍訣有了一些了解，身形一展，如龍騰九天，一步橫跨千丈虛空，速度之快，令人咋舌，手中誅魔劍上雷霆匯聚。

「雷動九州！」張逆低喝，誅魔劍猛然揮動，雷霆劍芒瞬間劃破長空，所過之處，空間被撕裂，留下道道觸目驚心的黑色裂縫。

面對這雷霆萬鈞的一擊，老者猙獰怒吼，全身靈力瘋狂湧動，漆黑長劍上寂滅劍意衝天而起，讓人心生寒意。

「天殘地缺！」

老者暴喝，手中長劍帶著寂滅劍意揮出，劍尖所指，天地色變，連時間和空間都為之凝固。寂滅劍芒衝天而起，與雷霆劍芒正面碰撞，兩者交匯之處，爆發出震耳欲聾的轟鳴聲，整個天地都顫抖起來。

劍芒四散開來，化作無數道細小的劍氣，如狂風暴雨般席捲向四周，將圍觀修士擊飛一大片。

張逆也被強大的反震之力震得噴出一口鮮血，身形倒飛，墜落虛空，將一座大山砸塌。而老者也同樣不好受，氣血翻滾，一口老血噴出一丈多高，身上還殘留著雷霆的肆虐，最終也墜落虛空，將大地砸出一個深坑。

「老東西，看來你服了瞬華丹也不過如此！天殘劍訣更是浪得虛名！居然還想和無敵大哥的自然劍法爭鋒？真是笑話！」張逆從碎石中衝天而起，眸中殺意湧動，瞬身殺向大坑中的老者。

老者摔得五臟六腑移了位，疼痛難忍，但求生的本能讓他強忍著傷痛，咬緊牙關，拚命凝聚著體內殘存的靈氣從人形大坑中衝出，揮動長劍格擋。

「砰！」

又是一聲震耳欲聾的轟鳴，兩劍相交，爆發出強烈的氣浪，將周圍的空氣都扭曲得支離破碎。老者雖然奮力抵擋，終究肉身太弱，力量不濟，又砸回地面，不偏不倚地落回之前的人形大坑中。

這一次的撞擊更加猛烈，硬生生砸出一個百丈深的坑洞。老者躺在坑底，全身骨骼都散了架一般，手臂血肉模糊，白骨隱約可見，口重鮮血狂噴，染紅了衣襟和四周的沙土，手中道器長劍也斷成兩截。

「張逆！你……你真要不死不休嗎？」老者咆哮，聲音中帶著一絲顫抖，那是對死亡的恐懼。

「若敗的是我，你會饒我性命嗎？」張逆冷冷一聲，沒有絲毫的猶豫與憐憫，再次揮動誅魔劍。

在這個強者為尊的世界，對敵人仁慈那是對自己的殘忍，更何況他身後有破天宗，宗內弟子實力偏弱，為了他們的安全，此人必死。

「既然如此，老夫臨死也不讓你好過！」

老者雙眼圓睜，瞬間燃燒生命力，頭髮以肉眼可見的速度變得雪白，傷勢開始恢復，斷裂的骨骼重新接合，破碎的經絡也逐漸修復，氣息比之前還要強上幾分。

他怒吼一聲，身形如離弦之箭從大坑中衝出，揮拳砸碎劍芒。緊接著便撲向張逆。

「來吧，讓我看看你這垂死掙扎能有何作為！」張逆冷喝，身形暴退，與老者拉開距離，同時劍尖輕點，無數劍芒如同雨點般向老者傾瀉而去。

老者如猛虎下山，拳頭凌厲而霸道，劍光與拳影交織，將周圍的空氣都撕裂得支離破碎。

「砰、砰！」

大戰再次展開，虛空坍塌，大地崩裂，老者雖然修為通天，但還是被張逆死死壓制。

不遠處的虛無空間內，南宮蒼梧、南宮玄靈等四人隱身而立，臉色凝重而陰沉。

「現在怎麼辦？家主要我們除掉白雲，可現在不僅任務未成，還折損七人，如何向家族交代？」南宮玄靈恨恨地看著張逆，雙手緊握成拳，指節因用力而發白。

南宮蒼梧聞言，眸中閃過一抹狠厲，目光如刀般掃過南宮玄靈及其餘二人：「這還不是因為你們貪生怕死的結果，若是你們能殺了那蔡冰顏或者張逆，會是如今這樣的結果嗎？」

南宮玄靈臉色一陣蒼白，苦笑道：「老祖，蔡冰顏的能力實在太過詭異，一旦靠近她百丈之內，修為便會受到壓制，行動遲緩，她的實力雖不及老祖您，但也相差無幾，實在難以對付。」

說到這裡，南宮玄靈與其餘兩人都不由自主地回想起與蔡冰顏交鋒時的場景，臉上都浮現出恐懼與後怕的神色，額頭上更是滲出了細密的汗珠。

南宮蒼梧見狀，嘴角勾起一抹冷笑，眼神中滿是不屑：「一群沒用的廢物！被一個年輕女子嚇成這樣，真是丟盡了南宮家的臉面！」

「老祖教訓得是。那麼，我們現在該如何是好？難道就這樣無功而返嗎？」南宮玄靈擦了擦臉上的冷汗，乾笑道。

南宮蒼梧心中雖有不滿，卻也明白事已至此，責備無益，輕撫鬍鬚，沉思片刻後，緩緩說道：「罷了，我們去白沙城，調集家族中的強者布下天羅地網，就先讓那張逆和天昊家鬥吧！」

此言一出，南宮玄靈等人的眼中重新燃起了希望之光，紛紛點頭贊同，隨即身形一閃，化作四道流光，消失在天際。

另一方虛空，帝絕站在一個身形魁梧的光頭大漢身後，目光如餓狼般鎖定在蔡冰顏身上，嘴角勾起一抹得意的笑意：「二叔，姪兒導演的這場大戲，您覺得如何？」

大漢聞言，轉頭看向帝絕，臉上露出一抹陰冷的笑容，他拍了拍帝絕的肩膀，讚道：「很不錯，讓天昊家先與張逆鬥個你死我活，這樣我們不僅能更準確地評估張逆的實力，還能藉此機會制定出更加完美的計畫來奪取他手中的神器。有了神器，帝家的實力必將得到質的飛躍，到那時，即便是那所謂的五大皇族，也不敢再輕視我們。」

「有二叔和父親在，我相信帝家定能在破天界再放異彩，重振家族輝煌。不過……」

說到這裡，帝絕刻意停頓一下，目光再次轉向蔡冰顏，眼中滿是淫邪之色：「我只有一個願望，那就是得到蔡冰顏。她的美貌，實在是讓我無法抗拒。」

「好，姪兒，你的願望二叔記下了。待我們成功殺了張逆，那蔡冰顏就留給你慢慢享用。現在還是先去白沙城吧，你父親在那裡等著我們，有要事相商。」

大漢哈哈一笑，揮手撕裂空間，緩步進入。

帝絕看了一眼蔡冰顏，隨後也跟著大漢的腳步，進入空間裂縫。

高空之上，張逆與老者的戰鬥依舊在激烈地進行著，只見張逆身形如電，劍法凌厲無匹，每一劍揮出都伴隨著震耳欲聾的轟鳴聲，將空間撕裂得支離。

反觀老者，此刻異常狼狽，衣衫破碎，渾身浴血，血骨淋淋，氣息萎靡到了極點。

砰砰聲不斷在空中迴盪，老者的體力與靈力逐漸耗盡，動作開始變得遲緩而笨重。而張逆則越戰越勇，劍法越來越凌厲，每一次攻擊都直指老者的要害。

「結束了。」張逆一劍破開了老者的防禦，劍尖毫不留情地刺入了老者的胸膛。

老者發出一聲絕望的慘叫，眼中滿是不甘與憤怒，但生命之火卻在這一刻徹底熄滅，身體化作塵埃消散在空中。

張逆順手將老者的儲物袋收入懷中，隨後看向四周，那冰冷的目光讓在場的所有人都感到一股難以言喻的寒意。

「有誰想出來找找刺激？我不介意多殺幾人。」張逆的話語中帶著不容置疑的威脅，讓四方眾人皆是噤若寒蟬，紛紛後退，不敢出言挑釁。

這時，蔡冰顏一步橫移，來到了張逆的身旁，她凝視著張逆，眼中閃過一絲關切：「沒事吧？」

「沒事，一個垃圾而已，不值一提。」張逆搖了搖頭，嘴角勾起一抹淡笑，

蔡冰顏撇撇嘴，眼中閃過一絲無奈：「走吧！盡快趕到白沙城，為進入南域禁地做些準備。」

張逆嘿嘿一笑，那笑容中既有得意也有幾分頑皮，輕輕轉身拉起蔡冰顏那細膩柔軟的手，施展身法向著小鎮的傳送陣疾馳而去。

「夫人，我這次是不是做得太衝動了？」張逆眉頭微蹙，望向蔡冰顏，眼中閃爍著詢問的光芒。

蔡冰顏聞言，嘴角勾起一抹溫柔的微笑，輕輕搖了搖頭：「怕什麼，那天昊然不是什麼好東西，當年欺軟怕硬的事幹過不少，和我們遲早要做敵人。」

聞言，張逆的眉頭逐漸舒展開來，臉上重新露出了笑容：「天昊軍和帝絕一同出現在這裡，說不定帝家人也在附近，而且實力還不弱，只是不知道為何沒出手？」

「帝家家主帝非天是搞陰謀詭計的陰險之人。他可能是想讓我們和天昊家鬥得兩敗俱傷，再出來坐收漁翁之利罷了。」蔡冰顏的語氣中帶著一絲不屑與嘲

諷，顯然對帝非天的行為感到十分不齒。

「夫人真是聰明，這麼複雜的事都能看得透徹。」

「那有什麼，我只是不屑於用陰謀詭計罷了，那樣會失去強者之心，我想那帝非天和天昊然的修為也再難再進一步了。」

說話間，兩人踏入傳送陣，光華瞬間閃耀，兩人的身形開始變得模糊，最終完全融入光芒之中，消失得無影無蹤。

時間如白駒過隙，轉眼間已是一天之後，張逆與蔡冰顏再次出現時也置身於白沙城的城外。

白沙城，古老而龐大，靈氣氤氳朦朧，帶著火屬性氣息。

第七章

生命之樹種子

城門之外的寬闊廣場上，人群密集如潮，熙熙攘攘，還有不少人御空而來。

「南域祕境內珍寶眾多，若能得到高階功法或者兵器，將不虛此行，不過裡面危機四伏，即便是頂尖強者也不敢掉以輕心。」

「不知道最近在西域鬧得沸沸揚揚的張逆會不會來？他可是妖孽般的存在！神祕功法層出不窮，讓人嘆為觀止。」

「我卻想見見被譽為天下第一美女之稱的蔡冰顏是何等風姿？」

一路上，張逆和蔡冰顏聽到的都是此起彼伏的議論聲。

兩人莞爾一笑，對眾人的議論視若無睹，向著城門方向而去，就在即將抵達城門之時，三人突然從天而降，攔住了去路。

這三人身著錦衣華服，氣宇軒昂，顯然出身不凡，周圍的修士見狀紛紛退避三舍，生怕被三人注意到。

「二位留步！」為首的青年撇了張逆一眼，隨後目光火熱地看著蔡冰顏，語氣中帶著不容置疑的傲慢，「在下乃是神火宗宗主之子戰蒼穹，不知姑娘是否肯賞臉與在下進城共飲一杯，順便談談南域祕境的祕密。」

「沒興趣，讓路！」蔡冰顏面若寒霜，眼神清冷如冰，她連看都未看戰蒼穹一眼，只是淡漠地吐出一句，聲音雖輕，卻冰冷刺骨。

「再給你一次機會，想清楚再說話，否則……」戰蒼穹的臉色瞬間陰沉下來，眼中閃過一抹狠厲，沒想到自己的邀請會遭到如此直接的拒絕，尤其是在這眾目睽睽之下。

「本姑娘也再給你一次機會，滾開！否則，戰龍城將失去你這個兒子。」蔡冰顏眉頭微微一皺，隨即恢復平靜，冷冷地說道。

「呦！小娘子口氣不小，敢直呼神火宗主的名諱，是嫌自己的命太長還是狂妄無知？」這時，一個紫袍青年從人群中緩緩走出，臉上掛著戲謔的笑容。

隨著他的話語落下，周圍的十幾個中年漢子也圍了上來，眼中都閃爍著淫邪的光芒，毫不掩飾地打量著蔡冰顏。

「孤狼，你這是要和本公子搶女人嗎？」戰蒼穹微微一愣，隨後目光在這些中年漢子身上掃過，最終定格在紫袍青年身上，眼神中閃過一絲冷意。

「怎麼會呢？我們是朋友，再說了，我雲隱宗和神火宗可是共同進退的盟友，怎能為了一個女人發生衝突？在下這是想將此女擒下送給你呢？」孤狼嘿嘿一笑，上前幾步，拍了拍戰蒼穹的肩膀，話語中帶著幾分討好之意。

戰蒼穹聞言，嘴角勾起一抹意味深長的笑容，幽笑道：「你還算識時務，本公子會稟告父親，讓你繼續做雲隱宗的少宗主。」

「謝戰兄！」孤狼大喜，慌忙彎腰行禮，連聲道謝，隨後，又將目光投向蔡冰顏，陰惻惻地說道，「妳是主動配合還是要我出手？」

「是不是該問我答不答應？我可是她的男人。」就在這時，張逆開口了，他輕輕地摟住蔡冰顏的肩膀，將她完全護在身後，目光冰冷的掃視著眾人。

「哪裡來的小子，敢和戰少搶女人！現在放開她，本少宗主或許可以放你一條生路，也不看看你什麼德行，這麼漂亮的女人可不是你能沾染的。」孤狼臉色驟變，冷喝出聲。

「小爺今天不想殺人，但若再不知好歹，那雲隱宗將會因為你被滅門。」張逆淡淡一笑，笑容中帶著冷意。

孤狼等人先是一愣，隨即像是聽到了什麼天大的笑話一般，肆無忌憚地大笑起來。廣場上的眾人也紛紛搖頭失笑，在他們看來，雲隱宗可是南域第二大宗門，連南域南宮家都要禮讓三分，而張逆只是一個沒見過世面的土包子而已。

孤狼笑得前仰後合，好不容易止住笑聲，輕蔑道：「小子，你可知雲隱宗是何等勢力？居然還想滅我宗門？沒睡醒吧！」

隨後，他大手一揮，冷喝道：「廢了這小子，讓他後悔來到這個世界，但被傷了戰少的女人。」

「好的！」隨著孤狼的話語落下，那十幾個中年漢子大笑著撲向張逆。

「夫人，讓妳相公我威風一次。」張逆輕笑，對衝來的十幾人視若無睹，而是深情地看向身旁的蔡冰顏，話語中帶著幾分寵溺。

蔡冰顏笑著點點頭，溫柔的後退一步。

「真是不找死就不會死。」張逆冷哼，逍遙幽冥步施展開來，身形瞬間化作無數道殘影，那些衝向他的中年漢子只覺眼前一花，便失去了張逆的蹤跡。

緊接著，只聽砰砰聲此起彼伏地響起，十幾個中年漢子在眾人驚愕的目光中化為血霧。

孤狼臉上的笑容瞬間凝固，他瞪大眼睛，難以置信地看著眼前這一幕。那十幾人可是雲隱宗中數得上號的強者，卻連張逆的一招都接不住。

「你怎麼會這麼強？」孤狼的聲音充滿了震驚和恐懼。

周圍的人群也被這一幕深深地震撼了，他們瞪大眼睛，張大了嘴巴，連呼吸都忘記了，這個普通的青年竟然擁有如此恐怖的實力，完全超出了他們的想像。

戰蒼穹怒吼出聲，臉龐因憤怒而扭曲，雙眼如同噴火一般盯著張逆：「小子，實力不弱嘛！但在大庭廣眾之下殺了雲隱宗的人，今日必死無疑。」

張逆在眾目睽睽之下拂了他的面子，讓他這個神火宗宗主之子顏面盡失，尤其是看到蔡冰顏望向張逆時那溫柔的眼神，更是讓他感覺被戴了頂無形的綠帽。

「是嗎？戰少宗主，這麼想殺我，那你為何不出手呢？」張逆冷笑一聲，聲音中帶著不屑。他緩緩向戰蒼穹走去，每一步都顯得從容不迫。

「殺了他！」戰蒼穹被張逆的挑釁徹底激怒，聲音中滿是決絕與狠厲，儘管張逆剛才展現出的實力讓他感到震驚，但他並未因此而退縮。在他看來，張逆再強也不過是個散修，怎可能與神火宗這樣的龐然大物相抗衡？

隨著戰蒼穹的話語落下，他身旁的兩人閃電般衝向張逆，這兩人是神火宗的太上長老，修為甚是不凡，達到半步破碎境二重，兩人速度極快，幾乎在瞬間便來到了張逆的面前，手中兵刃閃爍著寒光，顯然是要置張逆於死地。

張逆淡然一笑，微微側身，避過兩人的攻擊。隨後身形一閃，如同鬼魅般出現在其中一人身旁，一掌拍出！

「砰」的一聲悶響，那人便如同斷線風箏般飛了出去，重重地摔在地上，口吐鮮血，顯然已受重傷。

另一人見狀大驚失色，想要後退卻已來不及。張逆身形再動，如同獵豹撲食般瞬間貼近他，一拳轟出，那人只覺一股無法抗拒的力量傳來，整個人被轟得飛了出去，同樣摔在地上不省人事。

「真是不堪一擊。」張逆的嘴角勾起一抹戲謔笑容，眼神中滿是不屑與輕蔑，大手探出，將兩人的儲物袋抓入手中，隨後一步步走向戰蒼穹。

「站住，別過來！」戰蒼穹臉色蒼白，額頭上布滿汗珠，身體微微顫抖，雙腳不聽使喚的後退，兩位太上長老都如此不堪一擊，自己面對張逆更是毫無勝算。雖然心中對蔡冰顏的美貌仍存貪念，但對自己的小命更加珍惜。

「你可是高高在上的南域第一宗門的少主，有必要怕我嗎？」張逆冷笑，繼續緩緩前行，每一步都像是踏在戰蒼穹的心弦上，讓他更加惶恐不安。

「小子，休得傷害戰少，否則我殺了你的女人！」就在這時，孤狼的聲音如同驚雷般響起，他身形暴起，直奔蔡冰顏而去，企圖以她為質來威脅張逆。

「你找死！」張逆怒了，身形一閃，幾乎是在瞬間便出現在孤狼面前，一把扼住了他的脖子，如同提小雞般輕鬆。隨後毫不留情地將孤狼砸向地面，發出沉悶的巨響。

孤狼披頭散髮，當場噴出一口鮮血，全身骨頭都散了架，掙扎著說道：「你不能殺我，我可是雲隱宗宗主之子，殺了我，雲隱宗是不會放過你的。」

「還敢威脅我！」

張逆的眼中閃過一絲寒光，再次將孤狼提起砸向地面：「你放心，不會殺你，還要留著拿贖金呢！」

戰蒼穹見勢不妙，想要趁機逃離，但他的動作慢了一步，張逆的身形鬼魅般突現在他面前，嘴角掛著一抹玩味的笑容。

「戰少，你身分顯赫，怎麼能做出不戰而逃的事呢？」

張逆的話語中帶著幾分戲謔，輕輕抬手，一掌拍出，掌風淩厲，猶如實質化的刀刃，瞬間擊中戰蒼穹，後者只覺一股不可抗拒的力量襲來，眼前一黑，便失去了意識，軟綿綿地倒在地上。

張逆的動作沒有絲毫停滯，迅速祭出靈力鎖鍊，將戰蒼穹與一旁的孤狼緊緊捆綁在一起。隨後，他動作麻溜的將兩人身上的寶物收入懷中。

完成這一切後，張逆這才將兩個老者弄醒，兩人見到戰蒼穹的慘狀，頓時怒火中燒，雙眼圓睜，似要噴出火來，渾身散發出強烈的殺氣，準備撲上來與張逆拚命。

「勸你們最好安分點，否則我不介意現在就殺了他。」張逆的聲音冷冽，目光如刀，直刺兩位老者的心臟，手指搭在靈力鎖鍊上，只要輕輕一拉，就能讓戰蒼穹的性命瞬間消逝。

感受到死亡的氣息，兩人的情緒瞬間收斂，互相對視一眼，眼中滿是無奈與憤怒。

「說吧！你要怎樣才能放了少宗主？」其中一人開口，聲音中帶著壓抑的怒火。

張逆故作尷尬地撓了撓頭，嘴角勾起一抹狡黠的笑意：「最近有點窮，麻煩你們回去給戰龍城傳個信，叫他拿些上品靈石來贖人，六品藥材、奇異礦石等，至於拿多少就看他有多在乎兒子了。不過，你們要快些，只給你們一個時辰，若到時候不來，那就沒辦法了，雖然我不喜歡殺人。」

此言一出，兩位老者氣得渾身發抖，他們萬萬沒想到張逆竟會如此明目張膽地敲詐，但看著昏迷不醒的戰蒼穹，又不得不忍氣吞聲。

「你、你……」兩人氣得半天說不出完整的話來，只能怒視著張逆。

「磨蹭什麼，還不快去，你們是想要我現在就殺人嗎？對了，記得給雲隱宗也傳個信。」一見兩人站在原地未動，張逆的臉色瞬間沉了下來，怒吼出聲。

兩人嚇得渾身一顫，看了戰蒼穹一眼，連忙施展身法，如同兩道殘影般向城內疾馳而去。

見張逆居然如此明目張膽的敲詐勒索，廣場上的眾人議論紛紛。

「這小子是瘋了吧！居然打了南域第一、第二的宗門繼承人還不跑，還想敲詐勒索，真是不知道天高地厚！」

「咦！他好像是最近在南域鬧得沸沸揚揚的張逆，那女子是蔡冰顏，這下可有好戲看了。」

「各位，不好意思，讓大家見笑了。」

張逆淡淡一笑，話語中帶著幾分歉意：「在下這裡有兵器想要出售，不妨上前挑選，如果手頭緊沒有靈石，高階藥材和礦石也是極好的交換之物。」

言罷，張逆再次揮動大手，這一次，只見光芒一閃，十柄下品道器長刀憑空出現，刀光閃爍，寒氣逼人。

眾人見狀，皆是一愣，沒有料到張逆會在此時此刻搞這一齣，但很快便從驚訝中回過神來，目光甚是火熱，他們本是來南域禁地尋求機緣，但禁地內危機四伏，擁有一件道器，無疑能大大增加他們的生存機率。

於是，短暫的沉寂之後，廣場上的氣氛瞬間變得熱烈起來，不少人紛紛湧向張逆所在的位置，但也有一部分人保持著冷靜，對下品道器並不十分看重，但無論如何，張逆的這一舉動無疑已經成功吸引了所有人的目光和注意力。

十柄下品道器長刀很快就被賣了出去，收穫了一千下品靈石，五十株六品靈藥和一百多塊品質還不錯的礦石。

張逆毫不在意價格，下品道器而已，只要他願意，隨時都可以煉製百八十柄，現在他最想要的是六品藥材，在進入南域禁地之前多煉製一些六品丹藥，為唐靈兒她們增加一些安全保障。

「諸位莫急，我這裡還有，可以繼續交易。」看著那些未能搶購到道器、面露失望之色的修士，張逆微微一笑，再次從儲物袋中拿出十柄下品道器長劍。

話音未落，廣場上再次掀起了一陣哄搶熱潮，那些原本準備離開的修士也紛紛停下腳步，加入到爭搶的隊伍之中。

在爭奪最後一柄下品道器長劍時，兩個老者互不相讓，價格在他們的競價中迅速攀升，直至兩百塊上品靈石，畢竟誰也不知道張逆還有沒有道器要賣，靈石沒了可以再賺，但道器可是可遇不可求。

其中紫袍老者見勢不妙，眼中閃過一絲猶豫，但很快便被堅定所取代，深吸一口氣，從儲物袋中小心翼翼地取出一個古樸的玉盒。

玉盒表面散發著淡淡地光澤，透露出不凡的氣息。

「這是老夫千年前在一處祕境中偶得之物，多年來一直未能解開其祕密，但老夫能感覺到，它定是非凡之物。」

另一白髮老者聞言，嘴角勾起一抹不屑的笑意，嗤笑道：「這是加不起價了嗎？老夫在兩百上品靈石的基礎上再加十株六品靈藥，其中一株還是六品高階的夢魘花！這樣的條件，你如何能比？」

張逆心神一動，夢魘花可是煉製神火丹的主要藥材，生長的環境極為苛刻，在破天界幾乎絕跡，沒想到會在此遇到，但他的目光卻是落紫袍老者手中的玉盒上，不知道為什麼，他總感覺玉盒內的東西不是凡物。

聽到白髮老者的話語，紫袍老者的臉色頓時變得蒼白，緊握著玉盒的手微微顫抖，他並不認為自己的物品比夢魘花還要貴重，也沒了再爭的心思。

「前輩，可否讓我瞧瞧您的寶物？」紫袍老者垂頭喪氣的準備離開時，張逆開口了。

紫袍老者一愣，他抬頭看向張逆，眼中閃過一絲驚訝，沒想到在這個關鍵時刻，張逆竟然會對他的玉盒感興趣，微微一笑，將玉盒遞給了張逆，眼中帶著一絲期待。

張逆接過玉盒緩緩打開，只見裡面靜靜地躺著一顆拇指大小的種子，種子表面散發著淡淡地生命氣息，讓人不由自主地感到一陣心曠神怡。

張逆拿著種子左看右看，眉頭緊鎖，也看不出是什麼。

「我靠！這可是生命之樹的種子！小子，你撿到寶了！」就在張逆一籌莫展之際，丫丫的聲音在張逆的神海內響起，語氣甚是激動。

「丫丫姐，真的是生命之樹的種子？」張逆的聲音微微顫抖，有些難以置信，生命之樹，那個傳說中能賦予持有者無盡生機、提升修為、甚至能快速領悟生命法則的神奇之樹，此刻竟以一種如此不可思議的方式出現在了他的面前。

「當然，雖然我現在記憶缺失嚴重，但那特別的氣息絕對錯不了。」丫丫嘻嘻一笑，語氣十分肯定。

紫袍老者見張逆長時間沉默不語，心中不禁生出一絲不安，語氣中多了幾分無奈與沮喪：「唉！看來是沒機會得到道器了？」

白髮老者鄙夷的瞥了紫袍老者一眼，嘴角勾起一抹笑意：「沒那實力還來和老夫搶道器，真是可笑之極。」

「結局未定，你有什麼資格在老夫面前張狂！」紫袍老者臉色瞬間陰沉下來，縱橫破天界數千年的他，何時受過如此奚落？

正當兩人之間的火藥味越來越濃烈之時，張逆適時地乾咳一聲，擺手制止了爭吵，嘴角掛著淡然的微笑，目光在兩位老者之間流轉，最終定格在白髮老者的身上：「兩位前輩莫動怒，小子也有了決定，最後這一柄道器長劍，歸你了。」

白髮老者聞言，眼中閃過一絲難以置信的喜色，隨即高傲地看了紫袍老者一眼，隨後迅速從儲物戒中取出夢魘花等十種六品藥材以及兩百上品靈石，毫不猶豫地交給張逆，然後一把抓起道器長劍，轉身離去，步伐中帶著幾分得意。

張逆轉而看向紫袍老者，輕輕搖晃著手中的玉盒，嘴角勾起一抹意味深長的笑容：「前輩，你這個寶貝我很喜歡，你剛才的價格，我願意賣給你一件上品道器。」

「什麼？上品道器？」紫袍老者臉色驟變，雙眼圓睜，好像聽到了世間最不可思議的言論。

「前輩未聽錯，就是上品道器長劍，不知你可願意？」張逆的笑容更加燦爛，將玉盒小心翼翼地收入懷中，隨後從儲物戒中取出一柄寒光閃閃、散發著濃郁靈氣的上品道器長劍，遞到紫袍老者的面前。

紫袍老者顫抖著接過長劍，連忙從儲物袋中取出裝有二百上品靈石的儲物袋遞給張逆，然後施展身法，化作一道流光，離開了廣場。

「這是最後十柄，請大家盡情參與吧！」張逆嘴角勾起一抹玩味的笑容，從儲物袋中取出十柄上品道器長劍，每一柄都散發著耀眼的光芒，寒氣逼人，顯然是品質極佳的神兵。

上品道器一出，廣場上那些未動的強者終於有了反應，下品道器他們看不上眼，但上品道器的誘惑還是難以抗拒的。

「誰敢買，那就是和南宮家作對！」這時，一道冰冷的聲音從遠處傳來。

話音未落，便見南宮蒼梧帶著一百多人從白沙城內御空而出，一個個目光冰冷，殺氣騰騰，眨眼間就來到廣場上空。

見此陣勢，廣場上瞬間靜了下來，不少人心生畏懼退走，上品道器雖然難得，但用不著與雄霸南域的南宮家作對。

並不是所有人都怕南宮家，也有不少人還留在廣場上。

「等了這麼久，終於來了，那就算算偷襲我的帳吧！」張逆冷笑一聲，揮手收了上品道器。

蔡冰顏一步踏上虛空，面對南宮蒼梧等人，眼神堅定而冷漠，語氣冰冷地說道：「若再亂吠，本姑娘不介意將你們全殺了！」

南宮玄靈不甘示弱地踏前一步，陰笑道：「蔡冰顏，白雲不在，妳別太猖狂，今日我們有一百多人，殺妳綽綽有餘。」

「是嗎？當日像狗一樣四處亂逃的你，沒想到也能這般硬氣，那便出手吧！我現在就送爾等下地獄去陪你的兄弟們。」蔡冰顏嗤笑一聲，語氣中滿是不屑。

南宮玄靈一滯，想到蔡冰顏那詭異的手段有些發怵，雖然有一百多強者在側，但還是不敢動手。

「南宮前輩請慢動手，讓我神火宗先解決一些事情。」就在南宮玄靈猶豫之際，遠處傳來一道暴吼聲，紓解了他的尷尬。

不用說，來人就是神火宗主戰龍城，身旁還有一個中年漢子，想必是雲隱宗主孤劍。

「來得還算及時，否則你們就要換繼承人了。」

張逆看向戰龍城兩人，嘴角勾起一抹意味深長的笑容，大手一揮，將之前被捆在一旁的戰蒼穹和孤狼吸入掌中。

「五千上品靈石，趕快放了我兒子。」戰龍城怒吼出聲，揮手扔出一個儲物袋。

「老夫也願意出五千上品靈石，還請你放過犬子。」孤劍也拿出一個儲物袋扔給張逆。

「不夠！」張逆抬手將兩個儲物袋抓在手中，隨意地看了一眼便收入懷中，淡淡地吐出兩個字。

真是笑話，侮辱了自己的夫人，五千上品靈石就想解決，哪裡有這麼便宜的事？

「張逆，不要太過分，五千上品靈石也是神火宗數年收入。」戰龍城的臉色瞬間陰沉下來，強行壓下了心中的怒火，冷冷地回應道。

「是啊，張兄弟，雲隱宗也只能拿出這麼多，還請高抬貴手，放過犬子冒犯之罪，雲隱宗定當銘記在心，日後定有厚報。」

孤劍也連忙陪笑，語氣中帶著幾分懇求，但眼底深處卻閃過一絲不易察覺的狠厲，心底對張逆的恨意更甚。

第八章

挑撥離間

「喔，是嗎？既然你們拿不出來，那就算了。我也不是不講道理之人，那就放過他們吧！誰叫小爺心善呢！不過，你們能否答應我一件事呢？」張逆摸了摸下巴，若有所思地看著戰龍城和孤劍。

戰龍城和孤劍對視一眼，心中皆是一緊，知道張逆提出的條件絕不會簡單，但事已至此，他們也別無選擇。

「張兄弟請說，只要是我等力所能及之事，定當全力以赴。」

孤劍信誓旦旦地說道，心裡卻是將張逆罵了無數遍，只要張逆放了自己的兒子，他會毫不猶豫地出手。

「加入破天宗或者幫我殺了南宮玄靈吧！」張逆淡淡一笑，隨意地說道。

「別欺人太甚，你可知兔子急了也會咬人？」戰龍城的臉色瞬間鐵青，怒火中燒，如一頭被激怒的雄獅。

「一起滅了南宮家，我除去大敵，你們雄霸南域，各取所需，多好？」張逆一本正經地說道。

「胡說八道，我們怎敢有稱霸南域的野心，一個兒子而已，你想殺就殺吧！老夫殺了你為兒子報仇也是一樣。」

戰龍城怒吼，冷汗直冒，若南宮蒼梧等人真認為他們有不臣之心，那麼他的宗門將會在頃刻間灰飛煙滅。

孤劍的身軀微微顫抖，擦了擦額前的冷汗，連忙上前一步，向南宮蒼梧彎腰行了一禮，小心翼翼地說道：「南宮前輩莫聽他胡說，我們是不會背叛南宮家的，就算他抓住我們的所有夫人和兒子來威脅也不會。」

「兩位宗主對南域的忠心老朽是知道的，你們放心出手，老夫會在第一時間救下你們的兒子。」南宮蒼梧微微點頭，淡淡開口道。

「老混蛋，你就是想讓我們鷸蚌相爭，你好漁人得利。」見南宮蒼梧如此態度，孤劍忍不住暗罵。

「兩位能屈能伸，不愧是做大事的人。」張逆緩緩開口，「當日你們和我二哥、三哥達成同盟，如今我來了，就是要告訴你們，當初承諾的事可以兌現了，我們承諾給你們的兩件偽神器也準備好。記住，別耍花樣，否則，天上地下，你們無路可逃。」

說著，大手一揮，將戰蒼穹和孤狼分別送到戰龍城和孤劍身邊。

戰龍城與孤劍一臉傻眼，他們何時與藍天、白雲達成過同盟？剛想要解釋，南宮蒼梧那冰冷刺骨的聲音已經響起。

「神火宗、雲隱宗，原來你們早也背叛了南宮家，只是一直隱忍不發，是不是想要和破天宗裡外勾結，一舉覆滅南宮家？很好，今日就滅了你們。」

話落，南宮蒼梧大手一揮，身後十位強者鬼魅般掠出，直奔戰龍城與孤劍而去。

「前輩，這是誤會，是張逆在挑撥離間，千萬別上當啊！」戰龍城見心中大駭，連忙拉著戰蒼穹向後急退，同時大聲呼喊。

但南宮蒼梧卻彷彿沒有聽見一般，只是冷冷地看著他們，老眸中殺意湧動。

「前輩，請聽我一言，這真的是誤會……」孤劍也是同樣帶著孤狼，一邊躲避攻擊，一邊解釋。

「誤會你大爺，一群吃裡扒外的東西，南宮家對你們的宗門大力扶持，居然做出這等無恥的事。」當先一人怒不可遏，火焰掌全力拍出，熾熱的火焰如同巨龍般在空中翻騰，直逼戰龍城與孤劍而來。

戰龍城和孤劍不敢還手，只得不斷閃避，幾人一追一逃間，很快便離開了這片天地。

「各位，不好意思，現在在下抽不開身來賣兵器，待幾日後禁地開啟之時再賣，如何？」張逆淡淡一笑，看向廣場中的眾人。

眾人點點頭，都是很識趣的退出廣場萬丈開外，雖然有部分人想要聯合南宮蒼梧等人圍殺張逆，但想到無敵、藍天和白雲的恐怖，又否定了想法。

「夫人，今天之後，我們在南域就是大名人了。」見眾人離開後，張逆笑看身旁的蔡冰顏。

「當然，今日有不少南宮家人會死在這裡，想不轟動都不行。」

「今日就殺個痛快！」張逆哈哈大笑，一步橫跨百丈，一拳砸向南宮蒼梧。

「不知死活！」南宮蒼梧冷哼一聲，火焰掌悍然迎上。

「轟！」拳掌瞬間相撞，爆發出震耳欲聾的轟鳴聲，強大的衝擊力將張逆震得氣血翻湧，身形如同斷線的風箏般倒飛而出，最終狠狠地砸在城牆上，將堅固的城牆砸出一個大窟窿，塵土飛揚中，張逆的身影顯得格外狼狽。

「半步破碎境八重還真是強得離譜！」張逆掙扎著從廢墟中爬起來，嘴角掛著一絲血跡，但眼中卻有著興奮之色。

混沌破天訣極速運轉，迅速穩定住體內紊亂的氣息。同時，誅魔劍瞬間出現在手中，劍身散發著凜冽的寒光。

「再來！」張逆低吼一聲，再次一步踏天而起，如同戰神降臨般殺向南宮蒼梧，身影在空中留下一道道殘影，誅魔劍以雷霆萬鈞之勢斬出。

「狂妄自大的傢伙，今日讓你見識一下什麼是真正的強者！」

南宮蒼梧臉色一沉，心中雖對張逆的實力有所忌憚，但更多的是憤怒，作為南宮家的老祖，何曾被後輩小子如此挑釁過？

身形瞬間暴起，火焰掌再次凝聚，這一次的火焰更加熾熱，火龍咆哮，帶著毀天滅地的氣勢，向張逆撲去。火焰之中，還蘊含著火之法則，使得這一擊的威力倍增。

見狀，張逆神色凝重，太初仙火覆蓋全身，全身靈力匯聚於誅魔劍上，劍身之上光芒大盛。

「混沌初開！」張逆低喝，劍光如龍，與火龍掌印在半空中狠狠相撞，頓時，空間顫抖，爆炸聲震耳欲聾。

這場碰撞並未分出勝負，張逆與南宮蒼梧各自後退數步，彼此的氣息都顯得有些紊亂。但眼神卻是堅定，戰意更加濃厚，戰鬥才剛剛開始，真正的較量還在後頭。

接下來，張逆與南宮蒼梧各自施展絕技，打得難解難分。張逆的誅魔劍如龍游四海，劍光所至，無堅不摧；而南宮蒼梧的火焰掌則如同火山爆發，威力驚人。

兩人在空中不斷交鋒，每一次碰撞都伴隨著驚天動地的聲響和璀璨的光芒。另一邊，蔡冰顏獨自面對南宮玄靈等一眾強者，她的每一次移動都似是在虛空中輕舞，令人捉摸不透，逆顏劍隨著她的心意舞動，每一劍揮出，都伴隨著絢爛的劍光與刺耳的破空聲，空氣中瀰漫著濃厚的血腥味。

轉眼間，五個半步破碎境四重強者也被斬殺，蔡冰顏沒有絲毫停息，瞬間玄黃聖體開啟，戰力達到最巔峰，一劍生劈了攻來的一個半步破破碎境五重，緊接著，身形橫移百丈，鬼魅般殺向南宮玄靈。

南宮玄靈臉色大變，慌忙施展火焰刀法，但他也被蔡冰顏嚇破了膽，火焰刀法威力大減，連他巔峰時期的五成都不到。

結果可想而知，南宮玄靈被重創，口吐鮮血，如同斷線的風箏般砸落在地，將大地砸出一個大坑。

這時，十名強者發動攻擊，企圖一舉擊潰蔡冰顏。然而，蔡冰顏冷笑一聲，施展空間轉移，就在攻擊快要臨身之際與最外圍的一個半步破碎境四重互換了位置。

老者未從驚愕中回過神來，便已經被十人合力的攻擊打成了一團血霧。

隨後，蔡冰顏的舉動震驚了眾人，周圍出現七彩劍影，形成一個百丈大小的劍域，將五十多人籠罩其中。

劍域之內，蔡冰顏就是絕對的主宰，她手持逆顏劍，如同冷酷無情的死神，劍光所過之處，敵人紛紛倒下，無一倖免。

遠處圍觀的眾人目睹此景，無不心驚膽戰，慶幸自己未曾輕舉妄動，否則後果不堪設想。

一處虛無空間中，有五人也在關注著戰局，他們是帝家家主帝非天、帝絕和帝中海，天昊家主天昊然和他的兒子天昊軍。

「父親，蔡冰顏的實力實在太過驚人，如此多的強者在她手下竟無還手之力，我們接下來該如何應對？」帝絕的臉上滿是憂慮，看向身穿紫袍的帝非天，聲音中帶著幾分顫抖。

帝非天輕輕捋了捋鬍鬚，眼神深邃，轉頭看向身旁的灰袍老者天昊然：「天昊兄，你有何看法？」

「非天兄心中定有計較，何必試探我呢？」天昊然淡然一笑道，「蔡冰顏與張逆的成長速度超乎想像，不僅自身實力強大，背後還有無敵、藍天、白雲、劍如風、歐陽天等一眾超級強者，我們若想在破天界站穩腳跟，聯合南宮家或許是最為明智的選擇。」

「想當年，我們正值壯年，意氣風發，卻不料無敵、藍天、白雲三人強勢崛起，讓我們不得不選擇避世隱居，暗中積蓄力量。如今好不容易等到時機成熟，卻又遇到了張逆和蔡冰顏這兩個妖孽，他們的強大，簡直讓人喘不過氣來。」帝非天嘆道。

這時，光頭大漢帝中海終於按捺不住，粗聲粗氣地插話道：「大哥，何必如此長他人志氣，滅自己威風？張逆和蔡冰顏雖然厲害，但我們也不是吃素的，想要殺他們也不是沒有可能！」

帝非天聞言，臉色一沉，怒斥道：「你若不是我親弟弟，就憑你這番話，我必嚴懲！你以為張逆和蔡冰顏是那些可以隨意拿捏的軟柿子嗎？他們若沒有十足的把握和強大的底牌，豈敢如此囂張？真是不長腦子，你的魯莽只會讓我們陷入萬劫不復之地！」

帝中海被訓得啞口無言，雖然心有不甘，但也不敢再反駁，摸了摸光頭，一臉不爽地退到了一旁。

「非天兄說得沒錯，張逆和蔡冰顏若非有十足的把握，絕不會如此大膽行事，若真與他們硬碰，恐怕最後受損的只會是我們。」天昊然神色凝重地說道。

議論間，蔡冰顏將劍域內的五十多名強者盡數斬殺，迅速從儲物袋中取出一枚六品丹藥吞服，以恢復自身消耗的靈力與體力。

隨後，蔡冰顏的目光掃過剩餘的三十多人，強大的氣勢懾得他們紛紛後退，不敢有絲毫輕舉妄動。

另一邊，張逆憑藉著神器之利與超凡的身法，在南宮蒼梧的猛烈攻勢下勉強支撐，混沌神體都被打回了原型，只因南宮蒼梧實在太過強大，不論是對道的感悟，還是對法則的理解，張逆都望塵莫及。

「你不愧是萬年不遇的絕頂天才，年紀輕輕便能在老夫手下堅持上百招，這份資質，即便是當年的無敵也難以企及。但今日，無論你的天賦如何耀眼，都終結於此，成為我的掌下亡魂！」

南宮蒼梧的聲音低沉而充滿威嚴，每一個字都蘊含著千鈞之力，震得周圍的空間微微顫抖，眼神中既有對張逆潛力的讚賞，也有將其抹殺的決絕。

話落，南宮蒼梧掌中猛然爆發出熊熊烈焰，那是火焰掌的最後一式「焚天裂地」。

只見火焰如同活物般在他掌心翻騰，最終凝聚成一記巨大的火焰掌印，攜帶著毀天滅地之勢，向著張逆轟然拍去。掌印所過之處，連虛空都承受不住那恐怖的高溫與力量，開始塌陷、扭曲。

面對這致命一擊，張逆暴吼一聲，全身力量湧動，混沌破天訣運轉到了極致，太初仙火與雷霆本源匯聚於誅魔劍之上，劍身綻放出耀眼的光芒，同時調動混沌塔的力量護住周身。

然而，南宮蒼梧的實力太過強大，即便是張逆傾盡全力，也依然感受到了巨大的壓力。他深知，僅憑自己的力量，很難抵擋這致命的一擊。但在這生死存亡之際，他沒有選擇放棄，只有拚死一搏，因為除了拼，別無他路。

就在千鈞一髮之際，一道七彩身影如流星般劃破長空，瞬間出現在張逆的身前，來人自然是蔡冰顏，周身金光璀璨，身披星辰，腳踏日月，宛如蓋世女王。

「混沌歸一！」蔡冰顏一聲輕叱，逆顏劍猛然揮出，璀璨奪目的七彩劍芒衝天而起，蘊含著毀天滅地的力量，穿越了時間的枷鎖，洞穿了空間的壁壘，與火焰掌印正面相撞。

「轟！」一聲驚天動地的轟鳴響起，天地在這一刻為之顫抖，火焰掌印在七彩劍芒的衝擊下瞬間支離破碎，化作漫天火雨灑落，而七彩劍芒也在碰撞中逐漸消散，餘威猶在，震得周圍的空間一陣動盪。

蔡冰顏雖然成功擋住了南宮蒼梧的攻擊，但她也被強大的力量震得退後了兩步，臉色略顯蒼白。而南宮蒼梧也退了一步，眼眸中滿是震驚和不甘，絕殺張逆的最佳時機就這樣錯過。

「老東西，下次再打！」張逆冷喝，拉起蔡冰顏便衝進城內，速度之快，幾乎超越了肉眼所能捕捉的極限。

現在可不是和南宮蒼梧死磕的時候，若是和他拼個兩敗俱傷，讓旁人偷襲，那才真尷尬。

南宮蒼梧豈能放過機會，施展身法緊隨其後，但張逆和蔡冰顏的速度實在太快，轉過一個街角，就消失在他的視線之中，連一絲氣息都未曾留下。

「啊啊——」

南宮蒼梧怒吼連連，揮動巨掌將周圍的街道拍得支離破碎，化為飛灰。

「滾出來！」南宮蒼梧的咆哮聲如雷鳴般在空中炸響，聲音中蘊含著無盡的憤怒與殺意，連蒼穹都為之顫抖。

南宮蒼梧真的怒了，付出近百個頂尖強者的性命居然沒能留下兩個後輩，這讓他難以接受，也不能接受，南宮家雄霸南域十數萬年從未如此丟臉，若不能滅殺張逆和蔡冰顏，南宮家在南域的地位將受到嚴重打擊，本就風雨飄搖的南宮家根本無法承受。

只見南宮蒼梧面容扭曲，雙眼赤紅，宛如從地獄來的修羅，周身環繞著濃烈的殺氣，讓城中的眾人大氣都不敢喘，紛紛避讓，生怕成為他怒火之下的無辜犧牲品。

不多時，南宮玄靈帶著三十多人跌跌撞撞而來，未等他們開口，南宮蒼梧一巴掌就甩了出去，將他們打得踉蹌幾步，幾乎站立不穩。

「一群沒用的廢物！」南宮蒼梧怒吼，聲音中帶著不可遏制的憤怒，「一百多人都攔不住一個小女娃，還被她殺了一半還多，真是活到狗身上去了！」

南宮玄靈等人紛紛摀住腫脹的臉龐，低著頭說不出一句話來，眸中滿是恐懼與羞愧，生怕南宮蒼梧的怒火再次降臨。

「愣著幹什麼？還不快去調集火影衛，全城搜索，難道還要老夫請爾等吃飯嗎？」見南宮玄靈等人杵立不動，南宮蒼梧更是氣不打一處來，暴吼出聲。

南宮玄靈等人如蒙大赦，紛紛施展身法離開，那速度簡直達到修道以來的最巔峰。

「前輩莫怒，在下有一法能引出張逆和蔡冰顏。」這時，一道洪亮的聲音傳來。

話落，帝非天的身影憑空出現在南宮蒼梧十丈開外的虛空，身旁跟著帝中海、帝絕、天昊然和天昊軍四人。

南宮蒼梧收斂了些許怒意，目光如電般掃過帝非天五人，對他們的到來並未感到意外，無非是想借助自己的力量殺了張逆，然後趁亂奪寶。

「張逆和蔡冰顏不過是兩個小輩而已，實力雖然不弱，但南宮家要殺他們還是輕而易舉之事，用不著帝家和天昊家相助，爾等速速離開吧！否則別怪老夫無情。」南宮蒼梧淡淡地說道，語氣中帶著一絲威脅之意。

天昊軍連忙上前一步，臉上堆滿了和煦的笑容，輕輕捋了捋下巴上斑白的鬍鬚，笑道：「蒼梧前輩誤會了，我和帝家主並非懷疑南宮家的實力，而是張逆也是我們兩家的仇人，你放心，我們只要他死，至於他的寶物，我們完全不要，全歸南宮家。」

帝非天也笑著點頭附和，只是那笑容怎麼看都很假。

「是嗎？你們對張逆出手，難道就不怕無敵、藍天和白雲的報復嗎？」南宮蒼梧戲謔一笑道，「畢竟這三人可是整個破天界都無人敢惹的存在。」

「雖然無敵三人在破天界是無敵的存在，畢竟只是三人，但我南域人才濟濟，天才輩出，若齊心合力，未必不能殺之，只是現在他們在西域破天宗，不能如願。」

帝非天自信一笑道：「如今張逆和蔡冰顏孤身來南域，正是殺他們的最佳時機，我們作為南域的一分子，豈能不出力。」

「帝家主說得有理，雖然在千年前和無敵一戰在下輸了，但現在我的天殘劍訣也達圓滿，雖不能說穩贏無敵，但不會輸。」天昊然淡淡一笑，無形的氣勢透體而出，壓得虛空一陣轟隆作響。

南宮蒼梧斜了天昊然一眼，心中不由得有些好笑，雖然天昊然和他的實力相差不大，但想要和無敵一戰，卻是痴人說夢，連實力排在第三的白雲都不如，但現在卻不是說破的時候，還要用這幾人去對付白雲呢。

「很好，只要你們在滅殺張逆的時候有出力，事成之後，自然少不了你們的一份。」南宮蒼梧冷冷地說道，「但要提醒你們，若敢在背後耍什麼花樣，南宮家絕不會手下留情。你們的家族實力雖強，但南宮家想要滅之，易如反掌。」

帝非天和天昊然被當面羞辱，雖然兩人修養不俗，還是有些許怒意，但兩人還是強壓下，臉上掛起了一抹笑容，異口同聲地說道：「只要能除掉張逆，全憑前輩吩咐。」

南宮蒼梧微微點頭，隨後，目光轉向帝非天，眼中閃過一絲好奇與期待，說道：「你剛才說有辦法引出張逆蔡冰顏，不妨詳細說說。」

帝非天說：「前兩日，我抓住幾名破天宗弟子，不妨在公開場合行刑，蔡冰顏身為破天宗主，一旦得知消息，她定會不顧一切前來營救，而我們正好設下陷阱以逸待勞。」

「哈哈哈，好計畫，張逆和蔡冰顏這次是插翅難飛了！」南宮蒼梧聞言，眼中精光一閃，隨即放聲大笑。

此時的張逆和蔡冰顏對南宮蒼梧等人的計畫全然不知，而是各自蒙上一件黑袍，面容隱匿於陰影之中，緩步走進白沙城的天寶商會。

天寶商會內人山人海，熱鬧非凡，兩人穿梭於人群之中，最終駐足於藥材區前。

藥材區是整個商會最為繁忙的區域，人們摩肩接踵，爭相搶購著珍貴的藥材與丹藥，為即將開啟的南域禁地之行做最後的準備。長長的隊伍蜿蜒曲折，每個人的臉上都寫滿了焦急與期待。

張逆望著這一幕，眉頭微微蹙起，隨後從懷中取出一個裝有十萬靈石的儲物袋，拍了拍排在他前面的中年漢子，笑道：「道友，在下有欲購幾味珍稀藥材，能否行個方便，讓我插個隊？這十萬下品靈石權當是請道友飲酒的小小心意。」

中年漢子聞言，先是一愣，隨即不由自主的接過儲物袋，隨意掃了一眼後，臉上頓時綻放出驚喜的笑容，隊伍如此之長，輪到他不知還要多久，能不能賣到自己想要的丹藥更是不確定，如今居然還有十萬下品靈石可賺，真是意外之喜。

「前輩客氣了，請！」中年漢子連忙將儲物袋收入懷中，主動讓開位置，讓張逆與蔡冰顏得以順利插隊。

張逆與蔡冰顏相視一笑，默契十足。隨後，他們如法炮製，不斷拿出儲物袋，以靈石換取隊伍中的位置，每一次交易都進行得異常順利，很快，他們便站到了隊伍的最前列，成為了眾人矚目的焦點。

站在櫃檯前，張逆將一個儲物袋輕輕放在櫃檯上，笑著看向櫃檯小姐，淡淡地說道：「麻煩妳將這裡所有的六品、五品和四品藥材全部取出，我全要了。」

此言一出，周圍頓時響起一片譁然之聲。

眾人紛紛投來驚異的目光，難以置信地打量著張逆，櫃檯小姐在短暫的驚愕之後，迅速回過神來，不確定地說道：「你要所有四品、五品、六品藥材？」

第九章

巧救藍心瑤兄妹

「是的，麻煩快些。」張逆淡淡一笑道，「放心，靈石我有。」

「好的，前輩請稍候。」櫃檯小姐恭敬的說了一句，立刻轉身朝倉庫方向走去。

很快，櫃檯小姐便拿著四個鼓鼓囊囊的大號儲物袋回來，臉上洋溢著難以掩飾的喜悅，她走到張逆面前，微微欠身，雙手將儲物袋遞上，同時遞上一張藥材清單。

「前輩，這是您所需的藥材，總共消費兩千一百五十二塊上品靈石，請核對一下價格。」

張逆接過清單，目光迅速掃過那密密麻麻的藥材名稱，眼中閃過一絲滿意，最終停留在「赤龍果」三個字上，嘴角不禁勾起一抹滿意的微笑，他抬頭看向櫃檯小姐，眼神中滿是讚許。

「不錯，赤龍果也有，而且數量足夠，做得不錯。」說著，張逆從袖中取出一個儲物袋，輕輕放在櫃檯上，隨即將四個裝有藥材的大號儲物袋收入自己懷中，動作流暢而優雅。

張逆的話語溫和而誠懇，讓人如沐春風：「這是兩千一百六十枚上品靈石，多餘的就當是給妳的小費，妳清點一下。」

「謝前輩！」櫃檯小姐連連道謝，臉上的笑容更加燦爛，這一單不僅為她帶來了不菲的提成，更有八塊上品靈石的小費，這幾乎是她數年工作所得的總和，連忙接過儲物袋，靈識一掃，確認無誤後，更是激動得眼眶微紅。

排隊的人群見張逆將高階藥材全部買走，一個個氣得蛋痛，都恨不得打自己幾巴掌，為了區區占十萬下品靈石的便宜而買不道到自己需要的藥材，都恨恨的看了一眼張逆，然後不甘的離開。

他們也不是沒想過要出手搶奪，但能隨手拿出數千上品靈石的人，那絕對是大人物，不是他們能夠招惹的，尤其還是在天寶商會，雖然如今的天寶商會信譽變差，但還是沒人敢鬧事。

看著眾人那難受的表情，張逆淡淡一笑，便帶著蔡冰顏離開，卻發現蔡冰顏杵立不動，眸中殺機瀰漫。

張逆一愣，順著蔡冰顏的目光看去，只見前方不遠處有五十多人緩步走來，領頭的兩位青年，一位身著錦袍，另一位則披著蟒袍，兩人臉上掛著不可一世的傲慢，緊隨其後的，是一對青年男女，男子臉色蒼白如紙，眼神空洞，女子亦是氣息奄奄，隨時都可能會倒下。更令人觸目驚心的是，他們的丹海已然破碎，元神潰散，生命之火搖曳欲滅，顯然遭受難以想像的重創。

在這對青年男女的身後，緊跟著五十名黑袍人，他們的修為深不可測，每一步都顯得那麼沉穩而有力，給人一種無形的壓迫感。

張逆的目光在眾人身上一一掃過，隨後看向蔡冰顏，問道：「蔡姐，妳認識這些人？」

蔡冰顏點頭，冷冷地說道：「這些人是中域軒轅家人，最前面的蟒袍青年是軒轅家的現任少家主軒轅武，家主軒轅蒼天的第二子；那位錦袍青年是軒轅海，當年就是他對心月妹妹心生覬覦，企圖強娶，害她離家出走。」

「至於他們身後的兩人。」蔡冰顏的眼神中閃過一絲痛楚，「那是心月妹妹的親生弟弟藍莫邪和妹妹藍心瑤。想不到如今竟落得丹海碎裂的下場，一定要救下他們，否則我們無顏面對心月妹妹。」

「什麼？他們竟然是藍姐的家人？」

張逆驚呼出聲，隨即，一股滔天的殺機自體內洶湧而出，將周圍的空氣都凝固成冰，但很快又冷靜下來，現在不是衝動的時候，只有將藍莫邪和藍心瑤救下來，才方便一一清算。

這時，軒轅武等人來到張逆前兩公尺外，軒轅海斜睨著張逆，眼神中滿是輕蔑與不屑，嘴角勾起一抹冷笑，冷喝道：「混帳東西，別擋了武哥的路，否則，小心你的性命不保！」

張逆被徹底激怒，瞳孔中閃爍著熊熊燃燒的怒火，太初仙火瞬間湧現右掌，隨即，身形一動，如同鬼魅般出現在軒轅海面前，火焰掌毫不留情地揮出，重重地砸在了軒轅海的臉龐上。

「哪裡冒出來的垃圾，也敢在老夫面前放肆！」張逆的聲音低沉而充滿威嚴，話語中透露出一種不容置疑的霸氣。

「啪！」一聲巨響，軒轅海的臉龐瞬間腫脹起來，原本還算俊俏的臉龐在高溫火焰的灼燒下有些焦黑，身體也失去平衡，飛出十幾丈遠，砸在櫃檯上，櫃檯轟然倒塌，藥材散落一地，一片混亂。

「打軒轅家人，找死！」軒轅武怒吼出聲，雙眼赤紅，如同野獸般盯著張逆，周身靈力湧動，顯然已經憤怒到了極點。

自從軒轅昊被張逆在雲京城滅殺後，軒轅武繼任少家主之位，一時之間可是風頭無兩，所過之處都是阿諛奉承之聲，還從未在眾目睽睽之下受到如此羞辱，這對他來說簡直是奇恥大辱。

「軒轅蒼天也不敢如此和老夫說話，你算什麼東西？」張逆冷笑一聲，眼神中滿是不屑，再次揮動右手。

然而，就在手掌將要打在軒轅武臉上時，一個黑袍人如幽靈般出現，攔下了張逆的右手。

「閣下是南宮家哪位前輩？今日之舉，莫非想代表南宮家與軒轅家開戰？」黑袍人淡淡地說道，聲音雖然平靜，但其中蘊含的威脅之意甚是明顯。

「軒轅家在中域是霸主，在南域還想隻手遮天，真是可笑！」張逆冷冷的看著黑袍人，周身靈力沸騰，如同沸騰的岩漿，洶湧澎湃。隨著他意念一動，靈力開始瘋狂旋轉，逐漸形成一個無形黑洞。

軒轅武等人不由自主地連連後退，生怕被黑洞吞噬，而藍心瑤與藍莫邪根本無力抵抗，瞬間被黑洞的引力拉扯，消失在了眾人的視線之中，張逆快速祭出混沌塔飛入黑洞將兩人收入其中。

「在天寶商會內禁止打鬥，難道諸位不知道嗎？」這時，一道縹緲而威嚴的聲音突然響起。

隨著聲音的落下，一個中年漢子憑空出現在眾人面前，只見他輕輕一抬手，掌心之中靈力湧動，輕輕一掌揮出，原本肆虐的黑洞竟在瞬間被碾滅，如從未存在過一般。

「天寶商會這是要站在軒轅家一邊，對我出手嗎？」張逆淡淡地瞥了中年漢子一眼，嘴角勾起一抹玩味的笑容。

「前輩誤會了，天寶商會自成立以來，便秉持中立原則，不偏不倚，只是希望各位不要在此鬧事而已，若有冒犯，還望體諒。」中年漢子不卑不亢地說道。

「老東西，南宮家被藍天和白雲搞得雞犬不寧，現在可是自顧不暇，居然還敢對天寶商會的焱護法出言不遜，你是不是沉睡的時間太長了，回去繼續睡吧！小爺這就傳信給家族聯合天寶商會將南宮家在破天界除名。」見張逆絲毫不給中年面子，軒轅武更是囂張的大叫。

「軒轅蒼天有你這種廢物兒子真是可悲！」張逆鄙夷的看了軒轅武一眼，冷冷地說道，「你也不看看這是什麼地方，這是南域，南宮家才是主人，雖然現在沒落，但要滅了你們這幾個臭魚爛蝦，還是易如反掌之事。」

「前輩修為高深莫測，滅世黑洞功更是造詣不凡，想必在南宮家地位不低，但軒轅家少主也不是你能羞辱的。」黑袍人冷冷地說道。

「羞辱？」張逆冷哼道，「就算老夫殺了他，你又能如何？」

話音未落，張逆的身影鬼魅般消失，再出現時已在軒轅武身側，閃電般出手，輕而易舉地捏住了軒轅武的脖子，然後狠狠地砸在地板上，軒轅武當場口吐鮮血，疼得暈死過去，這一幕讓在場的所有人都措手不及。

「放了我家少主，否則軒轅家將全族出馬，滅你南宮一族。」一眾黑袍人憤怒到了極點，紛紛怒吼出聲，周身殺氣瀰漫，靈力洶湧沸騰，便要準備出手。

中年漢子也是一臉冷意，沒想到張逆會在他出現之後還敢出手傷人，完全是沒將他放在眼裡，他可是天寶商會的左護法焱絕，一人之下，萬人之上的存在。

「別嚇唬我，我膽子小，若是一不小心用力太大，將你們的少主殺死了，可別怪我。」張逆一腳踩在軒轅武的丹海位置，看向一眾黑袍人風輕雲淡地說道。

頓時，一眾黑袍人都不敢輕舉妄動，怕張逆哪根筋搭錯了，不管不顧的殺了軒轅武，那時，一切將無法挽回，而他們就算殺了張逆為軒轅武報仇，回去也無法承受軒轅蒼天的怒火，軒轅武可是軒轅蒼天如今唯一的兒子，任何人出事也不能讓他出事。

「放了這個廢物也可以，但他剛才對老夫出言不遜，你們就拿一萬上品靈石來買他的命吧！」在黑袍人們沉默之際，張逆又開口了。

「什麼？一萬上品靈石，你怎麼不去搶？」為首的黑袍人面容扭曲，怒吼出聲。

「那就沒辦法了，老夫還是將他殺了吧，軒轅家年輕一代人才濟濟，再選一個少主也無礙。」張逆淡淡地說道，腳下加重了力量。

「給，但現在我們身上的上品靈石沒那麼多。」

「還算識趣，老夫給你們一個時辰去籌靈石，過時不候。」

「好！千萬別傷害少主。」眾黑袍人留下一句話，紛紛向天寶商會外面奔去，都忘記了還躺在地上的軒轅海。

見軒轅家眾人離開後，焱絕看向張逆，冷冷地說道：「前輩，你如此做是不將天寶商會的規矩放在眼裡嗎？」

「在焱護法面前，在下算不上前輩。」張逆訕訕一笑，拿出一塊精緻的玉佩在手中把玩著，隨意地說道，「當年偶遇幽影使者，她說雲中天心懷蒼生，雄才大略，不會用齷齪手斷，比如魂鎖咒印。」

張逆這突如其來的轉變搞得焱絕有些發愣，但很快，他的目光就被張逆手中的玉佩吸引，結結巴巴地說道：「你、你是……」

「找個安靜的地方詳聊吧。」張逆點點頭，溫和一笑道。

「好、好！」焱絕大笑，帶著張逆和蔡冰顏穿過曲折的迴廊，來到一個幽靜雅致的房間。

剛走進雅間，焱絕便再也按捺不住內心的激動，大笑出聲：「你就是幽影多次提到的張逆吧！今日一見，果然名不虛傳！」

張逆將軒轅武和軒轅海扔在房間的角落，順手將罩在身上的黑袍取下，這才向焱絕行了一禮：「前輩，是我，剛才多有冒犯，還請見諒。」

「沒事、沒事。」焱絕連忙擺手，眼中滿是笑意，「老夫可是等你很久了，之前多次聽幽影丫頭提起，今日得見，果真不凡，風采比幽影描述的還要出色幾分。」

「前輩過獎了。」張逆臉上掠過一抹紅暈，有些不好意思地撓撓頭，隨即指向身旁的蔡冰顏，「這是破天宗宗主蔡冰顏，也是小子的夫人。」

「見過宗主！」焱絕連忙彎腰向蔡冰顏行了一禮，聲音中滿是敬意，「早就聽說宗主風華絕代，今日一見，真是名不虛傳啊！」

「前輩是二嫂的父親，不必如此。」蔡冰顏溫和一笑，緩步上前扶起焱絕。

三人又寒暄了一番後，便來到混沌塔第一層。

張逆吩咐焱絕自行調息，然後便神情凝重的走到藍心瑤和藍莫邪身旁，兩人現在已經到了生死攸關的地步，張逆不在猶豫，太初仙火從體內透體而出，快速竄入兩人體內，開始修復兩人的丹海。

破碎的丹海在太初仙火的包裹下開始緩緩修復，但兩人體內沒有絲毫靈力，劇烈的痛苦讓兩人的身體不由自主地痙攣起來。

見狀，張逆連忙傳音安撫，同時凝聚出十滴精血分別融入兩人體內，精血如同甘露一般，迅速滲透至他們身體的每一條筋脈，與太初仙火相輔相成，共同修復著他們受損的丹海與元神。

隨著時間的推移，藍莫邪與藍心瑤的情況逐漸好轉，他們的臉上開始浮現出一絲紅暈。

張逆心中稍安，但仍保持著高度的警惕與專注，因為他必須確保兩人的傷勢得到徹底的恢復，才能算是真正的成功。

三天後，藍莫邪兄妹的丹海和元神徹底修復，而張逆卻累得氣喘吁吁，全身衣衫都被汗水浸透，臉色蒼白如紙，但他依然沒有停下手中的動作，繼續控制著太初仙火鍛鍊著兩人的身體。

藍莫邪兄妹的丹海修復，氣息也隨之攀升，從凝氣境一躍而至洞虛境二重，這才穩定下來。

「暫時就這樣吧！」張逆疲憊一笑，心念微動，太初仙火收回體內，再也沒一絲力氣，直接癱倒在地，如一灘爛泥，但他的臉上卻洋溢著幸福的笑容。

「救了藍姐的弟弟妹妹，不知道她會怎麼感謝我呢？」張逆在心中暗暗想著，嘴角不禁勾起了一抹玩味的笑容。

就在這時，藍莫邪緩緩睜開眼睛，眸中滿是感激與敬意：「多謝前輩救命之恩，在下沒齒難忘。」

「兄弟，咱們是一家人，不用這般客氣，先別說話，抓緊時間調息吧！」張逆見狀，有氣無力地擺擺手笑道。

第十章

亂中救人

「一家人？」藍莫邪一愣，有些茫然地說道，「前輩說笑了，我從未見過你，是不是認錯人了？」

身著淡雅長裙的蔡冰顏緩步走來，拿出一顆六品丹藥餵入張逆口中，隨後轉過身，目光柔和地望向藍莫邪，輕聲說道：「莫邪，看看我是誰？」

藍莫邪的視線在蔡冰顏的臉上停留了片刻，起初是迷茫，隨後是難以置信，最終化為了驚喜：「妳是冰顏姐姐？妳怎麼會在這裡？」

「轉眼多年過去，難得莫邪弟弟還記得我。」蔡冰顏笑著點了點頭，輕輕揉了揉藍莫邪的腦袋，眼中滿是關切之色，「你們怎麼會被軒轅家抓起來，還受了如此重傷？是不是藍家出了什麼意外？」

聞言，藍莫邪臉上的笑容逐漸消失，取而代之的是痛苦之色，隨後猛地跪倒在地，聲音中帶著一絲顫抖：「冰顏姐姐，我知道你是破天宗宗主，能不能幫我去救救父親和母親？」

見狀，蔡冰顏連忙扶起藍莫邪，冷冷地說道：「莫邪，先別急，慢慢說，到底發生了什麼事？軒轅家為何會對你們下手？」

藍莫邪深吸口氣，努力平復自己的情緒，開始講述事情的經過。

前些天，軒轅海得知藍心月殺了他的爺爺，以此為藉口煽動軒轅武，帶領一群強者浩浩蕩蕩的殺向藍家，面對這突如其來的危機，藍家上下人心惶惶，家主藍溟為了向軒轅武表忠心，直接下令誅殺藍莫邪這一脈，一番廝殺後，藍莫邪兄妹被打碎丹海，而他們的父母——藍耀和月謹，更是被軒轅武囚禁，每日施以酷刑，讓他們生不如死。

蔡冰顏靜靜地聽著藍莫邪的敘述，臉上沒有絲毫的表情波動，但那雙清澈的眸中卻瀰漫著濃郁的殺機，輕輕拍了拍他的肩膀：「你放心，我一定會將你的父母救出，軒轅家欠下的血債也要一一討還。」

這邊，張逆調息完畢，體內靈力湧動，已然恢復至巔峰狀態，他沒有絲毫猶豫，緩步走到焱絕所在之處盤膝而坐，雙手緩緩抬起，掌心間靈力匯聚，準備為焱絕煉化魂鎖咒印。

有了之前的經驗，這一次的煉化進行得異常順利，不過三日，魂鎖咒印被徹底煉化。

「哈哈哈！」

焱絕隨意的活動了一下身體，一陣輕鬆，忍不住大笑出聲：「這該死的咒印糾纏了我千年之久，今日終得解脫！雲中天老匹夫，你施加於我身上的恥辱與痛苦必百倍奉還，等著瞧吧！」

張逆搖搖晃晃的起身，尷尬一笑道：「前輩，你想報復雲中天，以後有的是機會，不過，小子目前有一事相求，望前輩能伸出援手。」

聞言，焱絕豪邁地擺擺手，說道：「你這小子何必如此客氣，什麼請不請的，只要是你開口，即便是上刀山、下火海，老夫也絕不皺一下眉頭。」

白沙城的廣場之上人山人海，肅殺之氣瀰漫，廣場中央有十根石柱赫然矗立，每根石柱之上都有一人被捆綁著，他們衣衫襤褸，形態悽慘，渾身傷痕累累，丹海破碎，修為盡失，淪為了廢人。

南宮玄靈懸浮於半空之中，目光如炬掃視著四方，有些不確定地說道：「這麼明顯的陷阱，蔡冰顏會來嗎？」

「前輩放心。」帝非天站在不遠處，聲音堅定而自信，「那十人都是破天宗弟子，作為宗主的蔡冰顏絕不會坐視不管。」

「確實如此，破天宗一直以來都以俠義自居，如果蔡冰顏得知自己的弟子遭受如此待遇而不採取行動，那麼破天宗的聲譽將會受到嚴重損害，門內弟子也會因此離心離德。」天昊然也在一旁附和道。

三人議論之際，遠處傳來一道震耳欲聾的怒吼：「南宮蒼梧，老夫已備好一萬上品靈石，速速將少主放出來！」

話音未落，數百名黑袍人如同烏雲壓頂般御空而來，他們身著統一的黑色長袍，臉上戴著猙獰的面具，露出一雙雙充滿殺氣的眼睛。

在這些黑袍人的最前方是一位精神矍鑠的老人，他的眼神銳利如鷹，透露出不容置疑的威嚴。

老人身旁有兩名黑袍人擰著兩個昏迷不醒的人，仔細一看，他們和藍莫邪有些相像，很顯然，他們是藍莫邪的父母，藍耀和月謹。

這突如其來的變故，讓南宮蒼梧的臉色瞬間變得陰沉，心中甚是疑惑，自己什麼時候抓了軒轅家的少主，但在眾目睽睽之下，尤其是在南域的地界上，他絕不可能向軒轅家示弱。

於是南宮蒼梧強壓下內心的疑惑，冷冷地看向那精神矍鑠的老人，沉聲道：「軒轅法，你未免太過囂張了！這裡是白沙城，不是你可以隨意撒野的地方！」

軒轅法嘴角勾起一抹冷笑，不屑地說道：「南宮蒼梧，今日你若不交出少主，就別怪我不客氣了！」

「老夫怕你不成？」南宮蒼梧如被激怒的雄獅，怒吼出聲，身形一展，如閃電劃破長空，一步便橫跨千丈空間，直接逼近了軒轅法。

隨著南宮蒼梧的逼近，他雙掌之上火焰升騰，隨即一掌拍出，掌印如怒龍出海，帶著毀滅性的力量，向軒轅法洶湧而去。

軒轅法眼眸微凝，並未有絲毫退縮，身形一晃，便迎了上去，兩人的身影在空中交錯，每一次碰撞都伴隨著震耳欲聾的轟鳴，空間都承受不住兩人的恐怖力量，開始破碎、扭曲。

隨著兩人交手的加劇，南宮家和軒轅家的眾人也按捺不住，紛紛加入戰團。一時間，虛空中各種強大的武技交相輝映。

帝非天和天昊然相視一眼，都是淡淡一笑，帶著各自的族人離開了這片天地，對於他們來說，南宮家和軒轅家的眾人都死了才好，這樣更方便他們雄霸破天界。

一處處虛無空間中，張逆、蔡冰顏和焱絕三人冷冷的注視著空中的混戰欣喜不已，原本他們在得到消息後趕來，正討論著該如何營救那十個破天宗弟子，沒想到軒轅家眾人到來引起混亂。

「真是天助我也！」張逆嘿嘿一笑，快速蒙上一件黑袍，然後拿出一柄長刀便殺向軒轅家強者。

「軒轅家的混帳，來到我南域還這般囂張跋扈，這是欺我南域無人嗎？」

「大伙隨我殺呀！帝家、天昊家不是頂級家族嗎？人呢？現在是你們出力維護南域臉面的時候，可別怕啦！」

張逆的吵吵鬧鬧聲響徹雲霄，讓那些本想隔岸觀火的南域強者們鬱悶得吐血，不情不願的祭出兵器加入戰鬥，帝非天和天昊然也是一樣。

頓時，軒轅家眾強者被打得節節敗退。

「做得好，今日讓軒轅家的雜碎付出代價，讓他們知道，南域可不是誰都能撒野的地方。」南宮蒼梧哈哈大笑，手上的力道又加大了幾分，隱隱有壓過軒轅法的趨勢。

「一群土雞瓦狗而已，老夫還不放在眼裡。」軒轅法暴吼，周身靈力瘋狂湧動，攻勢更加猛烈。

兩人原本因一個女子結仇，每次見面都要打一架，都想壓對方一頭，但兩人的實力相差無幾，每一次都是平局收場。

虛空中眾人打得熱火朝天，血色雲霧翻滾，喊殺聲、嘶吼聲、咆哮聲連成一片。

而張逆這傢伙最是雞賊，吵吵鬧鬧的挺響亮，遇到軒轅家的強者也不真正交手，只是虛晃一刀便轉身就跑，但他的目標十分明確，直奔擒住藍耀和月謹的那名黑袍人。

很快，張逆便來到那名黑袍人十丈開外，頓時開啟巔峰戰力，施展逍遙幽冥步當即施展開來，瞬間出現在那名黑袍人身後，全力一掌拍出，掌風凌厲，威壓驚人，令黑袍人心膽俱裂，不得不放開手中的藍耀和月謹全力抵擋。

見狀，張逆心中大喜，身形一閃，瞬間接住極速下落的藍耀和月謹，心念一動，二人便被收入混沌塔，然後施展身法離開。

另一邊，蒙著黑袍的蔡冰顏和焱絕來到廣場中心，由於埋伏的人都在和軒轅家強者激戰，兩人可說是一路暢通無阻。

兩人手指輕點，以指代劍，劍光如龍，瞬間斬斷了束縛破天宗弟子的鐵鍊，二人動作迅速，救下十二人後迅速撤離現場。

正在虛空與軒轅家強者激戰的帝非天突然瞥見廣場中心的破天宗弟子消失，頓時反應過來，全力一掌打退對手後大吼道：「住手！這是張逆的計謀！」

帝非天這突如其來的大吼讓眾人紛紛一愣，不由自主地停下手上的動作，齊刷刷的將目光投向了帝非天。

「什麼意思？」南宮蒼梧與軒轅法異口同聲地問道。

帝非天強壓下心中怒火，目光如炬地看向軒轅法，沉聲道：「你家少主應該是被張逆抓走的，他的目的就是想讓你們來搗亂，方便他救下破天宗的弟子。」

聞言，軒轅法臉色瞬間變得鐵青，怒吼道：「什麼？老夫居然被人當了槍使？怎麼可能？」

南宮蒼梧則是慌忙看向廣場中心，只見那裡已經空無一人，一口老血差點就噴了出來，劇烈地喘了幾口氣後，咆哮道：「軒轅法，你就是個沒腦子的混蛋！自家少主被誰抓走了都不知道，你還活著幹什麼？怎麼不去死啊！」

軒轅法被南宮蒼梧的話氣得臉色如豬肝色，胸膛劇烈起伏著，卻是一句話也說不出來。軒轅家的眾強者也是一臉愧色，丟臉都丟到南域來了。

「都愣著幹什麼？所有人都去找！將張逆找出來碎屍萬段！」南宮蒼梧再次

怒吼出聲，身影瞬間消失在原地。

眾人這才反應過來，開始一寸寸空間地搜尋張逆的蹤跡。

然而，此時的張逆已經與蔡冰顏和焱絕在白沙城外的山坡上匯合了，三人相視一笑，隨後便進入了混沌塔中。

「這次真是幸運，沒想到我們這麼順利的將人救出來。」蔡冰顏感慨地道。

「的確是幸運。」張逆嘿嘿一笑道，「若不是軒轅法和南宮蒼梧太過衝動引起大戰，我們要將他們救出來，必定九死一生。」

隨後，張逆花了五天時間將藍耀幾人的丹海修復，順便用太初仙火將他們的身體淬鍊了一番，這才放下心來。

接下來，張逆花了兩個月時間在混沌塔第三層煉丹，蔡冰顏、焱絕、藍耀等人則在修煉，而月謹則不時的打量著張逆，臉上露出滿意之色，真應了一句老話：丈母娘看女婿，越看越喜歡。

這天，張逆煉丹結束，將丹藥小心翼翼的收入玉瓶後，仰天躺在地上，喃喃道：「終於將神火丹煉製成功，若是媳婦們服下去，不知道她們的修為會提升多少？」

「有小爺在一旁指導，她們的成長必定會讓你大吃一驚，你還是想想自己的修煉吧！」靈淵氣呼呼的走來，將手中的兩個神玄鏡砸在張逆臉上。

張逆一點也不生氣，隨手將神玄鏡收入儲物袋，笑道：「多謝，有了這兩個寶貝，那我破天宗的情報網將提升一個等級。」

「小意思，若有材料，小爺讓你破天宗一人一個。」靈淵淡淡一笑，順勢坐在張逆身側。

張逆忍不住翻了翻白眼，煉製兩個神玄鏡就用光了焱絕從天寶商會拿來的所有材料，若要一人一個神玄鏡，就算是殺了他也弄不來那麼多材料。

「離禁地開啟還有六天，你還可以在此修煉六十年，去第四層修煉吧！我感覺快要變天了，若你不能在短時間內修煉到半步破碎境巔峰境界，根本無法面對接下來的局勢。」

「你是算命的嗎？居然還能預測未來發生之事？」

張逆揉了揉眉心，苦笑道：「我也想加快修煉進度，可是到了我這個境界，根本沒辦法，除非有幸得到逆天寶物。」

「算命又不是什麼逆天神通，難得到我嗎？」靈淵撇撇嘴，語氣輕鬆自信。

「真的嗎？」張逆瞬間激動起來，雙手不自覺地握緊，眼中閃爍著急切的光芒。「那你能不能幫我算算，我的父母在哪裡？」

「可以，不過命可不是隨便算的，要付出相應的代價。」靈淵微微點頭，神情瞬間變得凝重起來。

「來吧！就算再大的代價我都願意。」張逆沒有絲毫猶豫，眼神中透露出堅定與決絕。

這些年來張逆最大的願望就是找到自己的父母，如今有機會，他豈能錯過？對於張逆的遺憾，靈淵是知道的，他深吸一口氣後，手指閃電般點在張逆眉心，頓時，一滴璀璨奪目的鮮血飛出。

隨著靈淵的雙手以奇異而複雜的姿勢擺動，那滴鮮血頓時光芒大盛，猶如夜空中最亮的星辰，但持續不過一秒，光芒又暗淡下來。

「怎麼會這樣？」靈淵的臉上閃過一絲驚愕，眸中滿是不解，隨後猛地噴出一口鮮血。

張逆不由得撓了撓頭，疑惑地看向靈淵，語氣中帶著幾分不解與調侃：「這是什麼情況？隨便算個命居然還能讓你吐血？你是不是不會啊？」

聽到張逆的話，靈淵的小臉瞬間變得通紅，像被火燒了一般，剛才還信誓旦旦地表示算命只是小兒科，現在卻遭到了反噬，這讓他感到無比尷尬。

忍不住乾咳一聲，試圖掩飾自己的尷尬，有些有些底氣不足地說道：「剛才是老子沒準備好，畢竟最近才記起這個祕法，可能有些生疏，再來一次，一定能算出來。」

說著，靈淵小手一揮，再次從張逆身上取出一滴精血，眼神變得堅定而專注，快速運轉祕法。

然而，僅僅三五秒的時間，靈淵又一次噴出一口鮮血，直接倒在地上，氣息都變得萎靡不振，顯然這次的反噬更加嚴重。

張逆大驚，剛想上前將靈淵扶起來，卻突然感到頭痛欲裂，如有千萬根針在刺穿大腦，痛苦地呻吟了一聲，眼前一黑，整個人不由自主地搖晃了幾下，隨後重重地摔在地上，當場暈死過去。

靈淵艱難地擦掉嘴角殘留的血跡，臉色蒼白如紙，但還是強忍著身體的劇痛，緩緩地直起身子，望著昏迷不醒的張逆，眸中滿是疑惑與不解，嘀咕道：「你這小子到底什麼來歷，給你算個命，居然讓老子遭到反噬，真是怪事！」

昏迷中的張逆感覺自己來到另一個世界，這裡屍骨成山，血流成河，天空烏雲翻滾，電閃雷鳴，空間裂縫無數，如同巨獸的大口，吞噬著周圍的一切，大地上斜插著的刀槍劍戟閃爍著寒光，充滿了死亡的氣息。

「這是什麼地方？」張逆神色蒼白，眸中滿是震撼之色，恍覺得自己來到了九幽地獄。

「轟！」

虛無縹緲再次閃現雷霆，張逆強忍內心的恐懼看去，這才發現那並非真正的雷霆，而是有人在虛空中大戰。

那是四個身披戰衣的女子，她們手握蓋世神劍，通體縈繞著絢麗神霞，如同九天玄女降臨凡塵，每次揮劍都有斬天滅地之威，即便是漫天雷霆，也無法奈何她們分毫。

看著四個女子的身影，張逆有種熟悉之感，但他就算窮盡目力也看不清她們的面容。

這時，滿天雷霆湮滅，一道耀眼的金色身影自天際緩緩降落，淡淡道：「玄黃域主、虛空域主、縹緲域主、星辰域主，你們真要為了他與天作對嗎？」

「你這個卑鄙無恥的小人還代表不了天，想動他，那就先勝過我們姐妹。」四位女子淩空而立，身影在虛空中顯得格外挺拔，聲音冷冽如寒風刺骨。

聞言，金色身影語氣中透露出一絲不悅：「玄黃域主，別以為我喜歡妳，就不會殺妳，再給妳們一次機會，臣服於天，可活；否則，死！」

「想殺我們，那便拿出你真正的實力吧！」四個女子冷哼，手中神劍揮動，劍光如龍，直衝雲霄。

大戰再次爆發，天地間被無盡的劍氣與雷霆所籠罩，一顆顆星辰被碾滅成灰。五人的戰鬥越來越激烈，身影在虛空中不斷閃爍，最終失去蹤跡。

「這些人是什麼境界呀！真是強得一塌糊塗！」張逆忍不住咂咂嘴，隨後施展出身法，跟了上去。

當張逆趕到大戰之地時，卻看到那四位女子躺在血泊中，氣息奄奄，隨時都會煙消雲散。

愣愣地看著四女，張逆忽然有一種心痛之感，眼淚不自覺的流了下來。

「妳們是誰？我們是不是曾經認識？」

張逆大喊，拚命施展身法想要趕到四女身邊，但無論他如何努力，卻始終無法跨越那看似近在咫尺卻又遙不可及的距離。

「怎麼會這樣？」張逆怒吼出聲，雙目也變得赤紅。

驀然，他眼睛一亮，看清了四女的面容，她們赫然是蔡冰顏、藍心月、蒼敏和水嫣然。

「相公，我們盡力了，你要努力活下去。」就在這時，四位女子似乎感應到了張逆的存在，她們艱難地抬起頭，露出嫣然的笑容。

四女的話音剛落，她們的身體便開始慢慢消散。

「不！妳們不能有事！」

張逆的目光緊緊鎖定在那逐漸模糊、最終消散於虛空之中的身影，雙眼赤紅，滿臉絕望，喉嚨裡發出撕心裂肺的嘶吼，身體劇烈地掙扎著。

「噗！」

張逆忍不住噴出一口鮮血，仰天倒在地上，喃喃道：「為什麼？妳們為什麼要丟下我？又是誰殺了你們？」

話語間，他又連續噴出幾口鮮血，最終失去了意識，暈死過去。

微風拂過，黃沙漫天，不知過了多久，黃沙漸漸將張逆的身體掩埋，只留下一片孤寂與荒涼。

不知何時，張逆睜開雙眼，只見靈淵、白雲、焱絕、蔡冰顏等十幾人將他圍在中間，三不五時的討論著什麼。

張逆艱難地支撐起身體，緩緩地坐了起來，揉了揉有些脹痛的腦袋，疑惑地說道：「你們怎麼啦！這麼看著我幹麼？」

話剛出口，張逆卻發現自己的聲音有些沙啞，顯然是多年未說話的結果。

靈淵一步上前，一把抓住張逆的衣領，語氣中帶著幾分激動與不滿：「小子，你知不知道你已經沉睡五十年了！若不是看你的修為在不斷提升，還以為你死了呢！」

「沉睡了五十年？」張逆喃喃自語，腦海中一片混亂，目光在眾人身上一一掃過，最終定格在蔡冰顏的臉上。

「是啊！你這段時間太累，後來還不斷說夢話，沒想到你居然會睡這麼久？是不是做噩夢了？」蔡冰顏揉了揉張逆的臉龐，溫柔地說道，「放心，現在夢醒了，我們都在你身邊。」

「的確是做噩夢了，我夢到……」張逆話到嘴邊就卡住了，如白痴似的撓著頭，「我夢到……我夢到……怎麼一點都記不起來。」

「哼，不說算了，肯定是少兒不宜的夢。」靈淵不屑的說了一句，轉身便要離開。

「別走啊！我記得你不是給我算命嗎？算出什麼了？」張逆叫住了靈淵，眸中有著期待之色。

眾人一聽，都將目光看向靈淵，他們也想要知道張逆的父母是誰？在哪裡。

靈淵腳步一頓，臉上掠過一抹尷尬而不自然的笑容，下意識地避開了張逆那充滿期盼的眼神。

事實上，他對在場的人都算過命，都算得清楚明白，然而，唯獨給張逆算命，不僅什麼都算不出，反而還因此遭受了嚴重的反噬，這讓他既困惑又心驚。

「呃……那個……」靈淵的聲音略顯顫抖，結結巴巴地說道，「沒有具體的生辰八字，我……我根本無法進行準確的推算。要知道，算命是一件神聖之事，我可不能隨意編造，以免誤導了你尋找父母的道路，對吧？」

張逆隨意地擺了擺手，無所謂地說道：「也對，本就不該對你這種愛說大話的傢伙抱有任何希望。什麼都沒算出來不說，還害我白白昏迷了這麼久。你還是好好鑽研你那半吊子的祕術吧，省得下次再出來丟人現眼。」

靈淵的小臉瞬間變得鐵青，怒目圓睜，不滿地吼道：「小子，你這是赤裸裸的侮辱！來、來！我這就再給你算一卦，我就不信邪，會算不出來！」

「算了吧！」張逆淡淡地笑了笑，語氣平靜而堅定，「若是再讓你算一次，萬一我又得昏睡個五十年，那豈不是耽誤了進入南域禁地的大事？」

「說得也是，我們現在的首要任務是前往禁地尋找機緣。靈淵前輩這段時間為了幫助我們修煉，已經耗費了不少心力，現在應該讓他先恢復身體才是。就算現在真的算出了什麼，我們也沒有足夠的時間去尋找。」蔡冰顏也開口附和道。

聞言，靈淵嘴角勾起一抹得意的笑容，小手輕輕倒背在身後，身形挺拔如松，一副高人前輩的風範盡顯無遺。他瞥了張逆一眼，眸中帶著幾分戲謔與挑釁：「還是冰顏丫頭有良心，不枉費我這段時間我嘔心瀝血的指導。」

「是啊！這段時間若沒有前輩細心指導，我們也不會進步得這般快，尤其是按照我們各自體質傳授的功法，更是如虎添翼。」藍心月也嘻嘻笑道。

「不錯！」

眾人都紛紛點頭附和，尤其是白雲和焱絕，兩人的臉上更是洋溢著難以掩飾的喜悅，這段時間兩人在靈淵的指導下不僅修為大增，更是領悟了劍域之境，實力得到了質的飛躍。白雲的修為已經提升至半步破碎境九重，焱絕也達到半步破碎境八重。

看著靈淵那傲嬌的模樣，張逆撇撇嘴，笑道：「你不就是想要邀功嘛！我謝謝你，還不行嗎？」

說著，張逆向靈淵彎腰行了一禮：「靈淵前輩，謝謝你為我的親人所做的一切，辛苦啦！」

「這還差不多！」靈淵滿意地點點頭，臉上露出得意的笑容，似乎真的被張逆的「道謝」所打動。

隨後，靈淵話鋒一轉，語氣中帶著幾分疲憊：「你們出去吧！準備進入禁地事宜，這段時間我的消耗很大，可能要沉睡一些時日。」

張逆點了點頭，帶著眾人出了混沌塔。

而這一出，又將再一次讓破天界震顫！

——第一部・完

國家圖書館出版品預行編目資料

混沌破天訣 ／ 一個人KTV作. --初版.
--臺中市：飛燕文創事業有限公司, 2025.03-

冊；公分

ISBN 978-626-413-110-0(第1冊:平裝).--
ISBN 978-626-413-111-7(第2冊:平裝).--
ISBN 978-626-413-112-4(第3冊:平裝).--
ISBN 978-626-413-113-1(第4冊:平裝).--
ISBN 978-626-413-114-8(第5冊:平裝).--
ISBN 978-626-413-115-5(第6冊:平裝).--
ISBN 978-626-413-116-2(第7冊:平裝).--
ISBN 978-626-413-117-9(第8冊:平裝).--
ISBN 978-626-413-118-6(第9冊:平裝).--
ISBN 978-626-413-119-3(第10冊:平裝).--
ISBN 978-626-413-120-9(第11冊:平裝).--
ISBN 978-626-413-121-6(第12冊:平裝).--
ISBN 978-626-413-122-3(第13冊:平裝).--
ISBN 978-626-413-123-0(第14冊:平裝).--
ISBN 978-626-413-124-7(第15冊:平裝).--

857.7 114000815

混沌破天訣 15 第一部·完

出版日期：2025年09月初版
建議售價：新台幣190元
ISBN 978-626-413-124-7

作　　者：一個人KTV
發 行 人：曾國誠
文字編輯：小玫
美術編輯：豆子、大明
製作/出版：飛燕文創事業有限公司
公司地址：台中市南區樹義路65號
聯絡電話：04-22638366
傳真電話：04-22629041
印 刷 所：燕京印刷廠有限公司
聯絡電話：04-22617293

各區經銷商

華中書報社　電話　02-23015389
旭昇圖書有限公司　電話　02-22451480
智豐圖書股份有限公司　電話　05-2333852
威信圖書有限公司　電話　07-3730079

網路連鎖書店

金石堂網路書店 電話：02-23649989
網址：http://www.kingstone.com.tw/
博客來網路書店 電話：02-26535588
網址：http://www.books.com.tw/

若您要購買書籍將金額郵政劃撥至22815249，戶名：曾國誠，
並將您的收據寫上購買內容傳真到04-22629041

若要購買本公司出版之其他書籍，可洽本公司各區經銷商，
或洽本公司發行部：04-22638366#11，或至各小說出租店、漫畫便利屋、各大書局、金石堂網路書店、博客來網路書店訂購。
▶如有缺頁、破損，請寄回更換！

Fei-Yan
飛燕文創